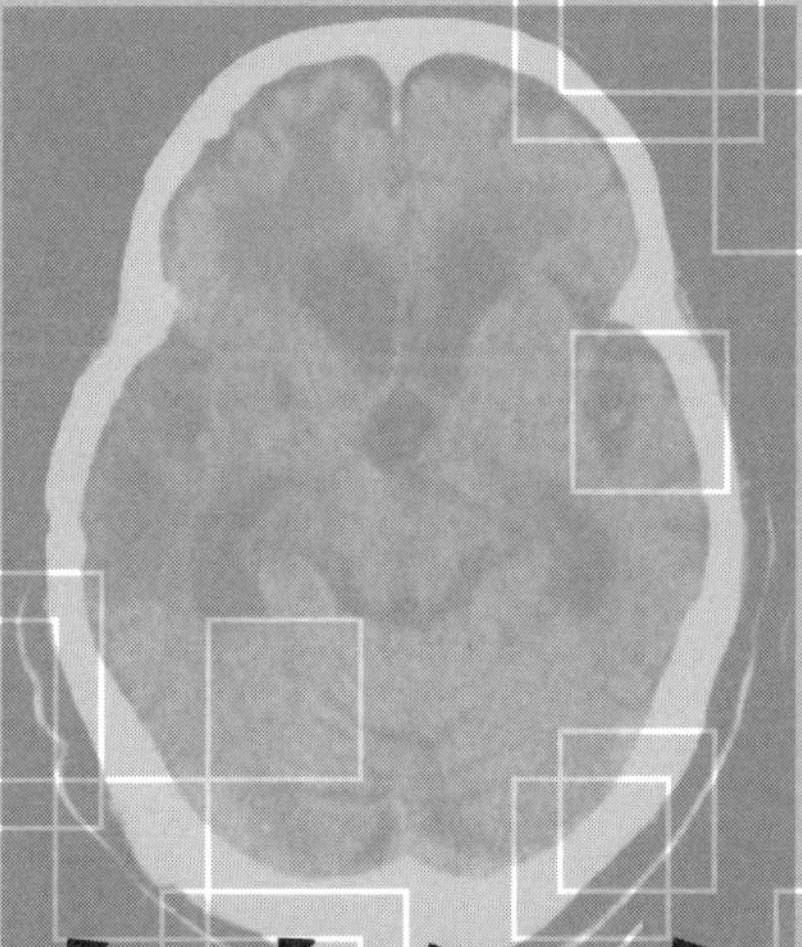

自由にならない脳を抱えても

―ぶっ壊れ脳の呟き―

金子 哲男
Tetsuo Kaneko

文芸社

目次

プロローグ　壊れたわたしの脳

あるオブジェに視線を向けたとき、目の網膜上には、それと背景とに関わる像が映し出されています。そのことを、誰もが知っているはずです。ただし、脳が認識する像は、そのオブジェと背景とに100パーセント一致しているわけではありません。わたしの体験はそのことを立証してくれています。わたしの目のレンズも網膜も何の問題もありません。それにもかかわらず、2010年4月から2011年5月までの間、左側の視野の中に、あるはずのない黒い物体の存在がいつも認識されていました。原因は、くも膜下出血由来の血液に起原があるヘモグロビンの分解生成物が毛細血管の断面を収縮させ発症した出血性の脳梗塞にあります。出血性脳梗塞によって、脳内の神経細胞ネットワークがあちこちで分断され、機能する神経細胞のネットワークが限定的になってしまっていたのです。

網膜から脳内に送り込まれてくる情報のうち左視野部分に相当する情報を処理するネットワークに著しい分断が生じていたのです。その結果、左視野部分の情報処理が適切にできず欠損が現れ、その欠損部分が黒い物体として認識されていたというわけです。わたし、金子トシ子は、１９２４（大正13）年8月18日生まれの94歳になるぶっ壊れ脳を抱えた婆さんです。ぶっ壊れ脳を抱えたこのわたしが体験させられてきたことは、視野欠損だけに限定されません。わたしはメルロポンチの哲学を、さまざまな出来事の体験を通して哲学させられてきているのです。出くわしたいくつもの出来事が示すことは、認識が実体あるいは実態に単純に一致しているわけではないということです。認識は意識に依存して得られているものだということです。

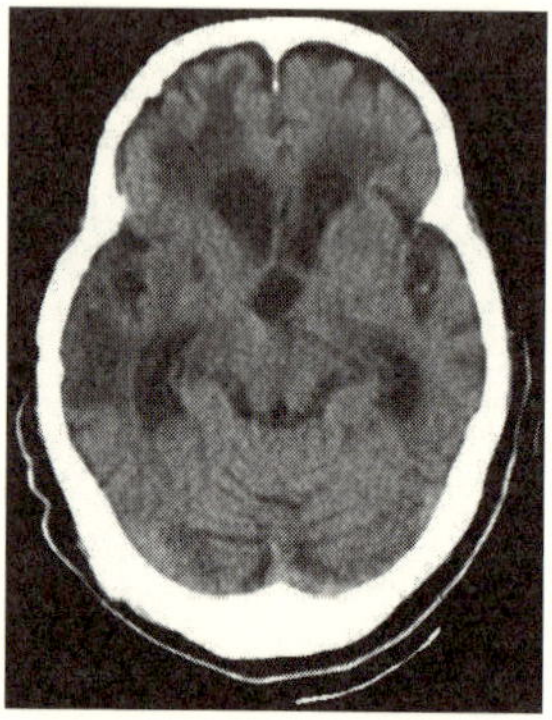

壊れたわたしの脳
（CT画像）

第一章　認識を実態に近づける意識のフレキシビリティー

エッシャーの「空と水II」

意識の違いが認識の違いを生み出す

　そもそも、意識は活性化しやすい神経細胞ネットワークの活動状態として生じているはずです。当然、活性化している神経細胞ネットワークの違いに依存して、脳神経組織が作り出す認識は変更を受けざるを得ません。意識の違いが認識の違いを生み出すことになるわけです。ある認識を得るとき、脳は意識から自由ではないのです。

　わたしの脳神経組織の場合、出血性脳梗塞で神経細胞ネットワークがあちこち分断されていたため活性化させることができるネットワークは構造的に限定されていました。この状態では、オブジェと背景とに関する認識が実態に近づくことは許されません。その認識が実態に近づくためには、活動可能なネットワーク間に新しい連結が生じる必要があります。

　木々の緑の葉陰越しに日差しがチョロチョロ動くのを見て生じたインパルスが神経末端まで伝搬されれば、届いたインパルスが刺激となり神経成長因子の放出を誘導します。その神経成長因子の働きは、神経の軸索の末端付近のどこか、または柔突起の末端付近のどこかを成長させます。そして新しい連結が形成されます。新たな連結は、局部的に活動可能だったネットワーク同士を結びつける可能性があります。もし連結で出来た新しいネットワークの活動が、脳の情報処理の全体と無矛盾に連動すれば、認識が実態に近づく可能性は高められます。

くも膜下出血を発症してからほぼ1年後、わたしの視野に侵入していた黒い物体は、最後の短い期間赤い色に変わったものの、神経線維の成長と神経細胞同士の新しい連結という非線形な応答のおかげでついに認識されなくなりました。活動する神経細胞ネットワークの構造が変更されたことにより、認識にも変更が生じたのです。すなわち、認識が実態に近づいたというわけです。

活動する神経細胞ネットワークの変更がもたらす認識の変化は、わたしのぶっ壊れ脳に固有な現象ではありません。活動させる神経細胞ネットワークを意図的に変えるという意味において状況は異なりますが、複数の見え方が可能な「だまし絵」から、わたしが体験したことと同じような現象を確認できます。ある意識に依存して認識できる像と、別の意識に依存して認識できる像との間に違いが生じるという現象を、「だまし絵」はわたしたちに容易に経験させてくれます。脳は、意識のフィルターで濾《こ》しとられた情報を認識しているのです。古代ギリシャの哲学者プラトンが注目したイデアは、そのような脳の活動がもたらす心理現象を哲学として考察したと見なすことさえできます。

脳を構成する組織、海馬、アミグダラ、視床下部

わたしの脳は出血性の脳梗塞のために、かつてネットワークを形成していた神経細胞が脳内のあちこちで失われています。そのためお医者様方はわたしが国会中継に意識を集中させている姿を想像できません。人間の精神的活動の特徴は神経細胞の数に起因しているという認識を導いている意識に従えば、わたしは既にホモサピエンスではなくなっています。

しかし、脳の機能は神経細胞の数で決まるという認識を導いている意識は、本質的な認識を脳に許しているわけではありません。生まれたばかりの子供にできることのあまりの少なさを目にしたとき、その意識は脳に混乱した認識をもたらすはずです。脳機能の発現には、神経細胞の数以外に重要な要素が関与しているのです。

生まれたとき、既に脳神経細胞の数は成人とほぼ同じ1000億個に達しています。脳

の重さに関しては、1歳では約900グラム、3歳では成人の80パーセントに相当する約1000グラムに達します。一方、この変化とは比較にならないとんでもなく劇的な変化が、2、3歳までの間に、脳では起こっています。神経細胞同士の接点、すなわち連結位置であるシナップスの数が、成人の2倍に相当する約1000兆個に達するまで急激に増加しているのです。幼児がどんな種類の言語の音でも聞き分ける能力を持っているのはそのためです。

過剰な神経細胞同士のつながり方は、そのようなメリットをもたらしています。ただし、そのつながり方は、信号の伝搬に混乱をもたらすデメリットも発生させます。神経細胞同士のつながり方が過剰な脳では、ジャンケンをするような細かな指の動き、すなわち指をそれぞれ独立に動かすような器用さが許されないのです。ある能力を獲得するということは、その能力に特化したネットワークが信号のハイウェイとして残り、そのネットワークへの他からの接続は、混乱をもたらす原因となるため失われるということを意味していたのです。すなわち、ある言語の獲得、ある動作の獲得、ある何かへの専門性の獲得などを達成することとは、邪魔となる信号が合流してこない信号のハイウェイとなるネットワークが脳の中に形成されることを意味するのです。

実は、この事情が、ある専門から他の専門へと脳の機能を順応させようとするとき、大きな困難を脳に自覚させることになるわけです。その困難を克服する1つの手段はAIを活用することです。もう1つの手段は、神経成長因子の助けを借り神経細胞同士の間に新しい接続を時間をかけてつくることです。神経成長因子の助けは、脳機能に非線形的な変化をもたらします。確かに、その助けが、壊れたわたしの脳に、視野欠損の不具合を克服させたのです。

2018年4月に、神経細胞の成長を助ける新薬に対し、承認を目指して科学的治験に入ったという朗報がもたらされました。脳神経の幹細胞を薬により活性化させ、神経細胞ネットワークを再構築することが、既に可能となっているのです。その薬は、言語障害や麻痺などを含む脳に関わる障害を克服する目的で使用される計画です。昔からバカにつける薬はないと言われてきましたが、わたしのぶっ壊れ脳も薬で治せる時代がすぐそこにきています。

ところで、「言葉を紡ぎ出せないこと、それは、全認知能力を喪失していること」を意味するという認識をもたらす意識に脳の活動は支配され易いようです。そのような意識に依存した認識に疑いをお持ちにならないお医者様はどこの世界にも居られることを知りました。脳卒中により言語機能を喪失していたとき、脳神経解剖学者のジル・ボルティ・テイラー博士はそのことを自ら体験していました。言葉を読み、聞き、話す能力と、数字の四則計算能力を完全に失った脳が、８年かけたリハビリでそれらの能力を取り戻したとき、その脳はジル・ボルティ・テイラー博士を、再び脳科学の最先端の研究者として活動させることを可能にしました。わたしが置かれている状況に関してもジル・ボルティ・テイラー博士の体験と似たところがあります。お医者様は、わたしの脳の認知能力を理解してくれません。言葉を紡ぎ出せないことは全認知能力を喪失していることを意味していると見なされてしまいます。脳機能の発現にハンディーキャップを抱えながら、空間構造、数字、言葉などの記憶、数字の計算、そして音楽や絵画に関し脅威の能力を持つサヴァン症候群の人々の脳には驚かされます。そのような凄さはありませんが、わたしのぶっ壊れ脳でも国会中継を楽しむことはできるのです。

ただし、脳内の右と左に１つずつある海馬という短期記憶を司る神経組織が受けたダメージには無視できない大きさがあります。それが萎縮していると、ＣＴ画像を見ながら、お医者様から指摘されています。あることを短期間記憶するという活動は、海馬の中に新しい神経細胞ネットワークを形成することです。この活動は最近の研究が明らかにしたことです。わたしの脳の場合は、短期記憶が機能していない状態になっているわけです。治験中の新薬が短期記憶の改善にも寄与できることを期待します。

右側の海馬と左側の海馬のすぐ近くに、アーモンドの粒くらいの大きさの神経組織が、それぞれ1つずつあります。それらは、アミグダラ（扁桃体）と言います。目、耳、皮膚、鼻、そして舌からの信号は、そのアミグダラを経由して、信号の特徴に応じ脳内の異なる特定領域に送りだされています。そのアミグダラの重要な役割は、感覚器官から届く信号に対し、身体的安全性を図る見地から、不安あるいは恐れを抱くべきか否か、判定をつけることです。ある状況に関わる視覚信号に対して、記憶情報の影響を受けアミグダラが活性化すれば、不安を抱くことになります。わたしの場合、幸か不幸かアミグダラも海馬も部分的にぶっ壊れているため人生を楽天的に楽しむことができます。もちろん、健全なアミグダラ、そして健全な海馬を持つ普通の脳においても、脳の中央付近にある視床下部という神経組織が機能し、アミグダラの異常な活動が抑制されていれば人生を楽天的に楽しむことができます。視床下部では、オキシトーシンという神経伝達物質が合成されます。その物質は不安を和らげるだけでなく、ホモサピエンスが互いに協力し合って生き抜けるようにしています。シンパシーの起源はオキシトーシンにあったのです。

ところで、大村智博士が達成させたブレイクスルーの1つの産物である「イベルメクチン」という薬があります。それは、中南米やアフリカの熱帯地域の開発途上国で2億人余りに毎年投与されています。その薬は、風土病のオンコセルカ症やリンパ系フィラリア症への感染が原因する健康被害から人々を防いでいます。大村博士のブレイクスルーの恩恵は、あらゆるイノヴェーションから常に取り残される傾向にある開発途上国の人々へタイムラグなしに届けられています。なお、大村智博士は２０１５年ノーベル生理学・医学賞を受賞されました。

世界史の見地からも、グローバルな社会の見地からも比類なき知恵と認識される何かに最初に気づくことを許し、かつその気づきとともにグローバルに公正でシンパシーに満ちた活動を許す神経細胞ネットワークが脳に育まれている状況は、公だけでなく誰にとっても誇りです。比類ないアイデア、比類ない気づき、比類ない発明が、グローバルに公正で、シンパシーに満ちた活動に寄与していればこそ、70億人のために、それは役立ちます。70億人の世界に寄与できるということに、誇りが持てます。その誇りを誘導している神経細胞ネットワークには、視床下部を構成する神経細胞が必ず参画しているはずです。それゆえ、その誇りは、物を壊す能力の誇示を伴った威嚇によって維持されるようなものとは異なる性格を持ちます。

活動しやすいネットワークの活動状態としての意識

日本語だけでなく、数学、英語、仏語、独語、中国語、露語、伊語、西語、その他あらゆる言語で記述された文献、論文、百科全書を含む10億冊以上を超える莫大な記憶量を脳が保持していても、記憶しているだけの知識は新しい認識をもたらさず、発明は達成できないことを誰もが知っています。

ある記憶に関わるネットワークと他の記憶に関わるネットワークとの間に連結を作る脳の活動は必要です。ブレイクスルーのためには複数の記憶の間に関係を見いだす脳の活動は、どんなに時間がかかっても、どんなに非効率的且つ非計画的であっても必要です。失われた脳の機能を再獲得するためジル・ボルティ・テイラー博士が行ったように脳内の神経細胞にインパルスを長期間にわたって送り続けるリハビリに類似した脳内活動が、ブレイクスルーを達成しようとするのであれば必要です。その活動に伴うインパルスは神経線維を伝播し、神経成長因子を分泌させ神経線維を成長させます。その結果、互いに異なるネットワークに属する神経細胞間に新しい接続が形成されます。新しい接続が形成されたとき、新しい気づきに達するのです。

画像に対するパターン認識に必要な神経細胞間の接続がまだ形成されていない脳神経組織で、ある画像を分析しようとするときにも、神経線維の成長を伴う類似した過程が関わる必要があります。ある可能性を保持するネットワーク、他の可能性を保持するネットワーク……複数のネットワークに対し、絞り込みを助ける別のネットワークの存在とその活動を介して、ネットワーク間に最適な接続が達成されたとき望ましい出力が得られることになります。記憶する作業を脳に行わせることとは異なり、無矛盾に関連づけようとする非効率でタフな脳の活動が必要です。神経細胞ネットワーク間に新しい結合を導く作業に対し、煩わしさを自覚させる「意識」が支配的であるならば、ＡＩの活用は有益です。画像に対するパターン分析を、学習機能を持たせたＡＩに行わせればよいのです。学習機能を持つＡＩは、ビッグデータの分析や画像データの精密分析において、最近興味深い結果を次々と導き出しています。そのことに対し、誰もが注目しています。

そもそも活動しやすい神経細胞ネットワークの活動状態として形づくられている意識は、脳の活動にさまざまな影響を及ぼすことになります。もちろん、意識に依存して脳内に蓄積されている情報をそのまま出力すればこと足りることは、それなりにあります。一方、複数のネットワーク間での新しい接続形成を巻き込み、新しくかつ合理的な認識をつくらなければならないことがあります。そのようなとき、意識には非線形的な変更が求められることになります。質量ゼロの状態から有限質量の状態が生じるという現象を説明しようとするのであれば、当然、意識に変更が要求されます。

意識の変更を伴わずに済む線形的な応答で済むことには、人は安心感と愛着とを持つ傾向があります。一方、意識に変更が求められることには、理解することへの煩わしさ、あるいは不安を持たされます。それにもかかわらず、意識に変更が求められることは、わたしたちに新しい気づきをもたらしてくれます。さらに、知の地平線を超えているからこその驚きと楽しみを、それが与えてくれることもあります。

質量ゼロの状態に相当する真空に対して、ある定まった大きさを超えるエネルギーを光のエネルギーとして注ぎ込むと、その定まった大きさに相当する有限質量の粒子が飛び出してきます。この現象は真空の性質が引き起こす典型的な非線形現象です。そのような性質を真空に伴わせているヒッグス場の存在は、スイスにある巨大素粒子実験施設ＣＥＲＮでの実験を介して、すなわち２０１１年のヒッグス粒子の存在兆候の検出、および翌年まで続くヒッグス粒子検出に関する検証作業を介して確認されました。真空は空っぽという認識を脳にもたらしている意識は、実験事実から変更を要求されたのです。

ブレイクスルーを伴うクリエイティビティを発現するプロセスには、意識の変更が伴います。そのようなクリエイティビティは、線形な出力とは異なります。それは、活性化しやすい神経細胞ネットワークの活動状態がもたらしている意識に依存して活動している脳神経組織に、意識の変更を許して実態に近い新しい認識をつくり出させることです。それはネットワーク間に新しい接続をつくるような非線形な活動を脳にさせることです。もちろん、わたしのぶっ壊れ脳はクリエイティブな活動とは無縁です。ただし、わたしの脳においてさえ、脳の活動なしに、網膜から脳に届いたオブジェと背景とに関わる信号が、認識になることはありません。その信号から認識が形づくられることには、脳神経組織の活動が深く関わっています。脳の活動が思い込みを作り出します。認識の偏りは、活性化されやすい神経細胞ネットワークの活動状態がもたらしている意識と脳内に蓄積されている記憶との協力によって、つくり出されます。見えたと思えたことは、実体あるいは実態そのものではないのです。脳神経組織の活動が引き起こすそのような現象の実態を、理解することは容易です。「だまし絵」を思い出していただければ、すぐに納得できるはずです。

ちなみに、ルビンの壺やエッシャーの「空と水」は、2通りの見え方のうちのいずれか1つが見えたと認識できるタイプの「だまし絵」です。絵の中心付近で、黒色の鳥に意識を集中させると白色の魚は背景となり、認識の外に押し出せます。白色の魚に意識を集中させると黒色の鳥が背景となり、認識の外に押し出せます。同様に、白色の壺に意識を集中させると黒色で描かれた向き合う人物の顔が背景となり、認識の外に押し出せます。黒色で描かれた向き合う人物の顔に意識を集中させると白色の壺は背景となり、認識の外に押し出せます。このことはわたしのぶっ壊れ脳だから起こるのではありません。誰の脳でも起こることです。もちろん、わたしは自分の脳が壊れたからこそ、脳にもたらされる情報信号のすべてが脳によって認識されているわけではない事実を、より体験的に理解しやすい状況にあるわけです。

わたしの脳は、2010年3月3日発症のくも膜下出血に起因した出血性脳梗塞で、いたるところが壊れています。幸いか、ありがた迷惑か、脳梗塞と麻痺が発覚した日から、息子によって強制的に手足の投げ伸ばしと筋力補強運動が繰り返されてきました。筋肉線維の伸び縮みから発生したインパルスは脳内の神経細胞に毎日届けられて来ました。そのインパルスは神経成長因子の合成を刺激し、「85歳の脳」を構成する神経組織中で神経線維を成長させました。しかも神経線維の成長は、分断された神経細胞ネットワークを局部で新しく結合させたり、あるいは新しい別のネットワークを形成させたりしたはずです。ただし、息子の観察力と認識の甘さが、脳圧上昇に伴う水頭症の悪化をわたしの脳に3度も誘発させました。その悪化は、再結合した神経細胞ネットワークを部分的に切断させました。結果としてわたしの脳は言葉をうまく紡ぎ出せなくなってしまったのです。ホモサピエンスの脳機能からは、ほど遠い脳機能をわたしは抱え込んだわけです。

それゆえ、わたしの脆弱な脳機能が「だまし絵」に描かれたすべての情報を同時に認識させせないのだと思われる方がいるかもしれません。実態はそうではありません。「だまし絵」を見たときに生じる認識は、脳機能に現れる本質的な現象です。脳機能は意識の作用で、「だまし絵」が持つ複数の見え方のうちの特定の1つを選択的に認識する結果を導きます。これは、驚くべきことを意味しています。意識のせいで脳が認識できずにいる情報がどれだけあるのか、どんなに優れた脳でもまったくわからないということです。それゆえ、発現する意識の多様性が各自の脳の中に保持されているように、自覚を通して助けられているべきです。脳に対し興奮や不安をもたらす因子が特別に強調されれば、意識の多様性は制限され、脳自体は制限された意識に無自覚になります。認識の偏りを是正し認識を広げ深めることを助けるため、脳の中に意識の多様性の担保は必要です。

孔子が関心を寄せた「シンパシー」に基づいて70億の人間同士の関係へ認識を深める道は、多様な意識の自覚に向かう徳への道に沿うものです。ソクラテスがこだわる論理を介して、産業の意味、経済の意味、社会の意味、70億のハピネスの意味、および地球環境の意味、それらをフレキシブルな意識に基づいて相互に関係づける道は、興奮と不安と欲求のために無自覚化してしまう徳への道を再発見することに導くはずです。そして実態に対する緻密な観察とデカルトやカントがこだわる論理の分析とを介し、フレキシブルな意識に基づいて、認識の偏りを是正する道は、地球と文明の持続性を助けるはずです。地球環境の持続性を可能にする多様な意識とフレキシブルな意識の自覚とは、地球上の文明を維持するという覚悟に人類が繰り返し目覚めていくために必要な条件です。

「だまし絵」が見せる効果は、わたしの特殊事情で起こるということではありません。「だまし絵」は、あるオブジェが持つ複数の情報のすべてを同時に認識できない脳機能の実態を暴き出しているのです。「だまし絵」が見せる効果は、意識の作用が全体像の認識を制限し認識を一部分に限定してしまう心理的現象を暴き出しています。多様な意識あるいはフレキシブルな意識を脳の中に維持しようとする試みが、実態に近い認識に達する可能性を高めるのです。そのことを、「だまし絵」が見せる効果は気づかせてくれています。

第二章　生命とは「何」かを気づかせてくれる免疫機能

わたしの免疫機能

息子の意識は正常性バイアスを原因し、認識を実態から逸脱させ、わたしの風邪を悪化させてしまいました。わたしの身体は風邪にもインフルエンザにもめっぽう強く、それが原因で体調を崩すことは２０１５年11月までは確かにありませんでした。わたしは２０１０年３月のくも膜下出血の発症に対し開頭手術を受けました。手術は成功です。ただし手術後２週間目に出血性の脳梗塞を引き起こしました。さらに１ヶ月後、正常圧水頭症も発症させてしまいました。結果として脳神経組織に生じた欠損は、わたしにさまざまな身体的精神的能力の限界を抱え込ませました。それでも免疫機能はすこぶる健全だったのです。

２０１６年に入ってから間もなくして、前年の11月以来となる風邪を引いてしまいました。しかも、酷い風邪を２回もです。そんな事態に対しても、わたしの脳はぶっ壊れでも、健康維持機能はまだぶっ壊れではないという認識を原因させていた意識が、息子の脳を支配していました。幸い、回復したわたしの身体は、２０１６年６月19日、日本ハムの大谷が中日との試合で１６１キロのボールを投げた日、焼きリンゴを食べながら、３時間半の野球中継全試合の観戦を可能にしていました。

わたしは息子の留守中にデイサービスから帰宅しました。エアコンのスイッチはオンになっていましたが、帰宅が遅い息子を心配した犬によって、玄関のドアも部屋の襖もすべて開け放たれてしまいました。2月に、そんな部屋の中で、しかも薄着で4時間過ごすはめになりました。わたしの免疫機能がたまたま衰えたのか、息子が軽率なのか、わが家の飼い犬が間抜けなのか、またはどれもなのか、去年の11月以来になる風邪を再び引いてしまったわけです。

さらに、3月末、デイサービスから帰宅後4時間、物理学会開催地の仙台の東北学院大学から息子が帰宅するまでの間、エアコンのスイッチが今度はオフの、暖房なしの部屋で過ごさなければならなくなりました。これで、治りかけていた風邪の症状を悪化させてしまいました。そして、「高齢だから仕方がないことです。解熱剤と抗生物質のフロモックス5日分を処方します」という診断を受けました。ただし、その診断中には、処方5日分に関する根拠が含まれていません。お医者様が不足している中、わたしのような軽微なケースでは仕方がないことです。それゆえ、わたしのケースでは、必要最小限の情報を、携帯端末を使って入力し、インターネットを介してＡＩ診療を行えるようにすべきです。

お医者様を煩わせずに済みます。

とはいうものの問題の原点は、わたしの身体の免疫機能は風邪を簡単に克服するだろうという正常性バイアスを原因させていた息子の意識にあります。結局、3月末の風邪の悪化を発端に37度前後の微熱が続くようになりました。そのため、デイサービスの利用も1ケ月に1回ないし2回に減らされました。また、その微熱のため、わたしは市内の複数の病院に連れて行かれ、診断してもらうはめになりました。

6月になり、慢性膀胱炎が微熱の1つの原因として見つかりました。幸い、それが、微熱の主たる原因であったかのように、処方された抗菌薬クラリスの服用で微熱は解消に向かい、体調は回復していきました。なお、息子は、わたしの微熱が続くことを気にして、その時点までに、いろいろ調べていました。それは、炎症とは何か、免疫機能とは何か、抗菌薬いわゆる抗生物質はどのような種類があり、どのように作用するのかについてです。

そもそも、莫大な数の素反応の連鎖の実態からなる免疫現象は、生命とは何かを気づかせてくれるものです。それは意識の目を開かなければ認識できない生きていることの実態を表すものです。抗生物質が細菌を死滅させるメカニズムも、意識の目を開かなければ認識されることはありません。

抗生物質はウイルス感染に直接的な効果はありません。それは、細菌感染に有効に働き免疫機能を助けるものです。免疫機能の発現を助けることには、肉からでも魚からでもタンパク質を摂取することが関与しています。免疫機能は、タンパク質の経口摂取があってこそ、よりよく機能することになるのです。

ところで普段腸内に存在していて健康に害を及ぼすことがない細菌が、風邪とか各種ストレスとかによって悪玉菌へ変身してしまうことがあります。最近の研究からわかったことです。そのようなことが原因したのかどうかはわかりませんが、膀胱炎からきていた体調不良がようやく改善され、やれやれと思ったら6月の第4土曜日に下痢を起こし、翌日から再び37度台の発熱状態に逆戻り、月曜日から入院するはめになりました。幸い、点滴された抗生物質ユナシンが効き、火曜日には身体に力が入れられるようになりました。

なお、慢性膀胱炎と診断されたとき、ＣＲＰの数値はゼロではないのですが、高くもありませんでした。そのため、ＣＲＰの数値上から重視するような症状ではないとあちこちで診断されてきました。そのような事情の中で、微熱は病院に連れて行く理由として十分な理由にならないということに息子は気づかされていました。もし、ＡＩ診療が、わたしに対し適用されれば、お医者様は他の患者の診療に当たることができます。このメリットは認識されるべきです。同時に、各種検査値に関する正常範囲が、高齢者の許容範囲としてどの程度に適用できるかは認識され直してよいのかもしれません。血管の管壁が弱くなっている高齢者にとって、血圧の許容域が、検査表に書かれている数値より狭くても不思議はありません。このことも認識されてよいことです。

免疫システムが活動開始する兆候

わたしは、抗生物質のフロモックスでは下痢はするものの効果の方はいまいちでした。しかし、別の種類の抗生物質であるクラリスを処方してもらうことで、症状がとても改善しました。もちろん、そのときでさえ、免疫機能が役目を果たしていないわけではありません。抗生物質の摂取を続けなくてよい状態になったということは、免疫機能が働いたことを意味するからです。それゆえ、免疫機能と抗生物質の役割は、病気になるたびに気になることです。

熱を出しどこの病院に連れて行かれても、血液検査をほぼ例外なく受けてきました。検査後の説明では、血液検査票中のＣＲＰの項目にいつも注意を向けさせられ、その数値の大きさについての説明を受けることになります。わたしのケースでは、ＣＲＰの数値が小さいということと細菌感染の可能性なしという状態とは、単純に同等ではなかったようです。それゆえ、ＣＲＰの数値が小さいわたしの症状に対し、経過観察という結論を導いてきました。なお、統計処理から導かれた許容値範囲と検査結果との比較により、経過観察という結論を導く診断であれば、ＡＩによる診断ですぐにでも代替できます。そのことが意味することは、お医者様は他の患者を診察できるということであり、また、それは医療費削減の見地から認識されてよいことです。

ところで、お医者様が気にするＣＲＰは、サイトカインと呼ばれる特別な役割を果たす物質の一種です。ＣＲＰは、分子量約１０５０００のタンパク質分子が５つ環状に結合した構造を持つ大きなタンパク質分子です。炎症が発生したときとか、あるいは組織細胞に異変が発生したとき、ＣＲＰの値は、６時間で上昇し始め、２日から3日でピークとなります。その後、１週間から10日で低値に下がります。数値的に、そのように推移する一般的特徴を持ちます。ＣＲＰの値は、炎症あるいは組織破壊の程度が深刻なほど大きくなる傾向があり、初期段階の推定に用いられています。慢性膀胱炎のときも、尿道カルンクルのときも、腎盂腎炎のときも、わたしが受けた血液検査の結果の中にＣＲＰの数値を読み取ることができます。
　ただし、ＣＲＰのみに頼る意識から自由になることは必要なことなのです。ＣＲＰの値が小さな値でも、局所性慢性炎症を疑う必要性が否定できないからです。そもそも、同じ疾患の患者で、かつ同程度の重症度の場合でも、ＣＲＰ値の増加の程度には個人差が現れることが指摘されているのです。欧米圏では、ＣＲＰ値だけでなく白血球数の変化と合わせて診断することが常識になっています。なお、急性期の炎症判定手段として血清蛋白分画を用いるお医者様も、慢性炎症の経過観察のためとして赤血球沈降速度検査を用いるお医者様もいるようです
　ＣＲＰは血液に乗って循環し、病原菌の表面上やダメージを受けた組織細胞の表面上に存在するホスホコリンやリゾホスファチジルコリンなどの分子と結合します。すなわち、ＣＲＰは病原菌表面やダメージを受けた組織細胞表面にくっつくことになります。ＣＲＰがくっついた病原菌や体細胞は、免疫細胞の一種であるマクロファージによって、積極的に捕食され分解されることになります。さらに、ＣＲＰは、免疫細胞の一種リンパ球を、積極的な免疫活動へと誘導しています。ＣＲＰが病原菌へくっつくことは、免疫機能として重要な補体システムを活性化させることにもつながっていきます。

成人の血管中の血液が含んでいる白血球の個数は、個人差があるものの、健康時であれば、少なくても３６５０±３５０個／μL、また多くても９５００±１５００個／μLと見積もられています。このとき、白血球の個数の内訳は、好中球の個数、好酸球の個数、好塩基球の個数、単球の個数に加えて、リンパ球の個数も含んでいます。白血球の個数全体に対し占める割合としては、好中球の個数は50パーセントから70パーセントを占め、リンパ球の個数は20パーセントから40パーセントを占めています。また、単球の個数は３パーセントから６パーセントを占めています。単球は血液中で数は少なくても特別な役割を担っています。単球は、組織細胞と組織細胞との間で最終的にマクロファージや樹状細胞に形態を変え、マクロファージや樹状細胞として、病原菌の捕食と分解およびダメージを受けた組織細胞の捕食と分解を行っています。炎症現象には、この活動が含まれています。

病原菌から身体を守る強力な免疫体制

炎症現象は、病原菌やウイルスなどが引き起こす異常事態に対し、健康状態を取り戻すための生体応答および免疫応答です。その異常事態に対し、免疫機能を司る細胞の間では、さまざまな種類の伝達物質すなわちサイトカインのやりとりが行われ、それを介して免疫システムが立ち上がることになります。免疫機能を司る免疫細胞、いわゆるマクロファージ、T細胞、B細胞、肥満細胞、好中球などから放出された種々の、サイトカインは、各免疫細胞の表面にある受容体に結合します。その結合が、各免疫細胞が活動を開始する引き金となります。そして、各免疫細胞の活動の活性化が生じます。結果、徐々に免疫システムの体制が整えられていくことになります。しかも、ある閾値を超えた時点からサイトカインの量も免疫細胞自体の数も非線形的に急速に増加することになります。

サイトカインは、どれも、分子量5000程度から30000程度の小さなタンパク質分子で、既に数百種類が知られています。そもそも、サイトカインは、各種細胞間でのコミュニケーションを担っている伝達物質の総称です。免疫機能に関わるサイトカインだけでも複数のグループがあります。好中球や単球を患部へ誘導するケモカインと呼ばれるもの、ウイルス増殖阻止機能を持つインターフェロンと呼ばれるもの、マクロファージ、B細胞、T細胞、肥満細胞などの免疫細胞から放出されるインターロイキンと呼ばれるもの、などがあります。なお、インターロイキンは既に30種以上が見出されています。

体内へ侵入した病原菌とそれによる組織細胞のダメージに対し、免疫応答へと発展していく素過程は、現在では詳細に突き止められています。病原菌感染部位近傍の組織内に存在していたマクロファージが、50種類以上が既に特定されているケモカインに導かれ、その部位に集合してきます。そのとき、白血球の1種である好中球も導かれてきます。なお、集合してきたマクロファージは、自ら異常を知らせる複数の伝達物質インターロイキンを血液中に放出します。そのインターロイキンを受け取った血液中の単球や好中球は、ダメージを受けた組織細胞が存在する部位に集結してきます。そして、侵入した病原菌やウイルスおよびそれらの侵入でダメージを受けた組織細胞の分解処理に当たります。

集結した好中球は病原菌を捕食します。好中球内に取り込まれた病原菌は活性酸素の作用や加水分解酵素の作用により殺菌されます。病原菌を飲み込んだ好中球は死に、膿となって体外に放出されるか、マクロファージによって捕食され分解されることになります。炎症現象には、白血球の1種である好中球の数が少なくとも増えている事態が伴います。

炎症発生時に、マクロファージが放出する伝達物質の中にはインターロイキン1や6が含まれます。インターロイキン1は、リンパ球の増殖に加えて好中球やマクロファージ自体の活性化に寄与します。さらに、それは体温中枢に作用し体温上昇の誘導にも寄与します。インターロイキン6の方は、リンパ球の1種であるB細胞を、抗体生産できる状態へと成熟させることに寄与します。血液循環にのって、インターロイキン6は肝臓に届けられます。それを受けて肝臓は、ただちにサイトカインの1種である例のCRPを合成し始めます。できたCRPは血液中に放出されます。そのため、血液検査では、炎症の程度を表す指標としてCRPの値が調べられているのです。なお、脂肪細胞も、インターロイキン6を放出する能力を持っています。

放出されたサイトカインを受け取ることによって免疫細胞自体の増殖とサイトカインの生産がともに誘導されます。そのとき免疫細胞の増殖はサイトカインの増産に寄与するため、サイトカインは一層増加します。また、それに伴い免疫細胞も一層増加させられ、同時に活動を活発化させていきます。たとえば、T細胞は、インターロイキン2の放出を介して、T細胞自体の増殖およびナチュラルキラー細胞の増殖を誘導するだけでなく、それらの活性化も誘導します。それに加えて、B細胞の増殖およびB細胞による抗体産性の活性化、マクロファージの活性化などにも寄与します。さらに、T細胞は、インターロイキン9の放出を介して、T細胞自体の増殖や肥満細胞の増殖などに寄与します。

白血球の1種、好中球は、炎症現場からインターロイキンを放出し、リンパ球を引き寄せることに加えて、血管壁を透過させ、炎症部位に導き入れることをしています。炎症現場に達したリンパ球は次の一手を打ちます。リンパ球は1種類ではなく、それは、ナチュラルキラー細胞、B細胞、およびT細胞から構成されています。T細胞は、リンパ球の70〜80パーセントを占め、ヘルパーT細胞とキラーT細胞とから構成されています。さて、現場での一手として、ヘルパーT細胞は免疫応答を促進させるインターロイキンを合成し、それを血液中に放出します。キラーT細胞は病原体に感染した細胞に死を誘導する強力な酵素を合成し、それを放出します。B細胞はヘルパーT細胞からのインターロイキンを受け取り、抗体を合成し血液中に放出します。

各種のサイトカインのやりとりを介して、免疫システム機能としての抗体増産体制が立ち上がるためには少し時間がかかります。一旦、それが立ち上がり始めると非線形的に一気に抗体の大量増産体制が確立します。たとえば、肥満細胞とともにヘルパーT細胞はインターロイキン4を放出し、それによって、肥満細胞やマクロファージの増殖と合わせてB細胞の増殖およびB細胞による抗体の増産を導きます。また同様に、肥満細胞とともにヘルパーT細胞はインターロイキン5も放出し、それによって、好酸球の増殖および活性化と合わせて、B細胞に抗体IgAの産生を開始させます。さらに、ヘルパーT細胞やナチュラルキラー細胞は、インターロイキン13の放出を介しても、B細胞による抗体生産を誘導します。結果として、インターロイキン2、4、5、13等のサイトカインを受け取り活性化し増殖したB細胞から多量の抗体が血液中に放出されることになります。そして、つくり出された多量の抗体は、次の一手として重要な免疫応答を発現させます。

その一手とは別に、重要な免疫応答のいくつかがあります。その1つは、キラーT細胞の活動やナチュラルキラー細胞の活動が活性化することです。それらの活動は、マクロファージ、B細胞、肥満細胞から放出されるインターロイキン12を介して活性化させられます。ウイルス感染した細胞や腫瘍細胞を破壊する役割は、キラーT細胞やナチュラルキラー細胞によって果たされます。ウイルス増殖阻止や細胞増殖抑制の機能を持つサイトカインであるインターフェロンは、T細胞、B細胞、マクロファージ、好中球などから放出され、ウイルスに対する生体防御として重要な役割を果たしています。

今日では、遺伝子操作された大腸菌にインターフェロンをつくらせ、それは肝炎ウイルスなどの増殖を抑える目的で医薬品として用いられています。悪性腫瘍に対しては、自己消滅いわゆるアポトーシスを誘導する細胞傷害因子と呼ばれるサイトカインが関与し、悪性腫瘍の駆逐を可能にしています。

各種のサイトカインのやりとりを介し、サイトカインの種類も量も一気に増えると同時に、増殖したB細胞によって生産された多量の抗体が血液中に放出されることになります。そして、身体の異常事態から再び恒常性を取り戻すための強力な免疫システムがついに立ち上がります。

血液中へ放出された多量の抗体が引き起こす免疫応答の最後の一手に関与する物質が補体です。補体は、免疫反応に関与する複数のタンパク質分子およびタンパク質分子複合体から構成され、それらのタンパク質分子は、抗体とともに病原菌に結合し、マクロファージによる病原菌の捕食を助けます。

補体タンパク質分子の主要な役割は3つあります。それは、抗体とともに病原菌へ結合すること、マクロファージを引き寄せること、および病原菌の細胞膜に入り込み貫通孔をつくり病原菌をパンクさせることです。補体を構成するタンパク質分子は20種類以上あり、それらは血液中に存在し、通常は不活性な構造で循環しています。病原菌への抗体の結合が引き金となり、タンパク質分解酵素が特定のタンパク質分子を分解し、サイトカインの放出を誘導し、さらに分解反応を加速させ、活性化した特別な免疫反応体制を整え、最終的に病原菌をパンクさせる現象を発生させます。

補体が関与する免疫機能の活性化の最初の一歩は、病原菌と抗体ＩｇＭとの結合部位や病原菌と他の抗体ＩｇＧとの結合部位に、補体タンパク質分子Ｃ１が結合し、タンパク質分解酵素として活性化することです。そのタンパク質分解酵素が、補体タンパク質分子Ｃ２とＣ４とをＣ２ａとＣ２ｂおよびＣ４ａとＣ４ｂにそれぞれ分解します。断片Ｃ２ａとＣ４ｂとの結合体Ｃ２ａ・Ｃ４ｂが分解酵素として機能し、タンパク質分子Ｃ３をＣ３ａとＣ３ｂに分解します。断片Ｃ３ｂが分解酵素として機能し、タンパク質分子Ｃ５をＣ５ａとＣ５ｂに分解します。断片Ｃ５ｂへは、タンパク質分子Ｃ６、Ｃ７、Ｃ８および、Ｃ９が順次結合して管状の構造物を形成します。その管状の構造物が病原菌の細胞膜に突き刺さり貫通孔となって病原菌をパンクさせてしまいます。この連鎖反応が、病原菌から身体を守る強力な免疫反応の１つなのです。しかも、それは自覚されることがない生きているという実態の一部なのです。

なお、反応の過程でできる断片Ｃ３ｂは、病原菌表面に結合し、マクロファージや好中球による病原菌の捕食を促進させます。断片Ｃ５ａは、マクロファージや好中球を、病原菌が繁殖している部位へ導く役割を果たしています。さらに、断片Ｃ５ａは、Ｃ３ａとともに、毛細血管を拡張させ、その部位へのマクロファージや好中球の集結を助けています。

免疫機能が正常に機能するためには、多量の補体の生産、多量の免疫細胞の増殖、多量の抗体の生産が必要です。そのためには、材料となるタンパク質が少なくとも十分に存在している必要があります。点滴に次ぐ点滴で血液中のタンパク質濃度が低下してしまうと強力な免疫機構が機能しなくなってしまいます。血液中のタンパク質濃度の低下は、免疫機能を低下させることになります。

抗体と補体が関与した強力かつ複雑な免疫活性化機構は、病原菌なしの健康状態では生じないようになっています。そのような免疫機能の一部に関与する免疫細胞の能力を高めることで、がん細胞の排除を可能にしている薬があります。ただし、免疫機能に関わる巧妙かつ複雑な反応機構を人為的に完全にコントロールすることは不可能であると認識しなければなりません。しかし、血液中のタンパク質濃度を高めることは、食べ物を工夫することによってできます。血液中のタンパク質濃度を高め、感染のリスクを下げるような食生活は必要なことです。食べることは、生きるという現象そのものなのです。

異常事態に対処する免疫システムを立ち上げ、それを構築するためにタンパク質が必要であり、タンパク質の摂取は重要です。そのことをわたしは思い知らされてきました。

オートファジーの発見をした大隅博士の２０１６年のノーベル生理学・医学賞受賞で、細細胞内タンパクの再利用メカニズムが話題になりました。誰の身体を構成する細胞内であろうと細胞内タンパクの再利用メカニズムは機能しています。とはいえ、タンパク質の摂取は十分な免疫機能を発現させるために重要です。食事以外に、ヨーグルトに混ぜ朝晩食べさせられるアスリートのためのプロテインは意味があることを実感しています。また、食物を摂取し腸を活動させることが、免疫機能の強化に連動していることも実感させられています。入院して点滴だけの生活になったときは、抗生物質により病原菌の活動が抑え込まれていたとはいえ、体調の回復が遅いのです。

なお、免疫システムが立ち上がる過程で、各種のインターロイキンが血液中に放出されています。それらがどのようなスペクトルを持つかを検出すれば、免疫システムの立ち上がり状況を知ることができます。ＡＩの活用は、そのようなスペクトル・パターンの分析さえ簡単化を許すはずです。身体の中において各種サイトカインはエクソソームと同様、複数の臓器間でのコミュニケーションの媒体としての役割を果たしています。このことは、血液中のある種のサイトカインの量は、他の種類のものから独立した量として決まるのではなく、コミュニケーションする複数の臓器同士の活動の影響を反映して決まっているということを意味しています。すなわち、異なる種類のサイトカイン同士の間にある種の相関が生じているはずです。そのような相関を考慮して検査データを分析しようとすれば、検査結果が許容範囲内に収まるかどうかを確認することとは異なる難しさに直面せざるを得ません。しかし、ＡＩを用いデータを分析すれば、その困難は避けられるはずです。

腸内フローラの役割とアレルギー症状の抑制

虫垂にはリンパ系組織が、集中して存在している実態が知られています。一方、虫垂は善玉菌の揺りかごとして機能している実態も知られています。この2つの状況証拠が、腸内細菌と免疫システムとの間に協調関係があると気づく機会をもたらしました。虫垂は不要な組織ではなく腸内細菌にとっても免疫システムにとっても重要性を担っていたのです。腸内細菌は１０００種類１００兆個を超える腸内フローラと呼ばれる微生物群を組織しています。その腸内フローラは小腸下部から大腸にかけて細菌が爆発的に増殖した結果として形成されています。身体の健康維持は、その腸内フローラによって助けられていたのです。しかも、最近、アレルギー症状の抑制や炎症の抑制に、腸内細菌を構成するあるグループが一役買っていることがわかりました。そのグループがクロストリジウム菌で１００種類もあります。そのうちの17種類が、特に重要な役割を果たしていますクロストリジウム菌は食物繊維を食べ物とし酪酸を放出し、その酪酸が腸壁から体内に吸収され、その酪酸はT細胞をTレグ細胞に変化させていました。免疫細胞の活動の暴走は、Tレグ細胞によって抑制されます。すなわち、暴走した免疫細胞によって原因されるアレルギー症状は、Tレグ細胞によって抑えられているのです。結果として、人の身体は食物を自由に摂取でき、クロストリジウム菌は食物繊維を摂取できることになるわけです。この一連の協調体制によって健康が維持できているというわけです。

一方で、T細胞の活性化された状態を維持させ続けることで、がん細胞を駆逐しようとする画期的な治療法があります。それを活性化すべきか抑制すべきか、状況に応じ合理的な判断が求められることになります。そもそも、多くの素反応の拮抗や細胞活動の拮抗の上に生体の恒常性は保持されています。特定の反応や特定の活動だけでその状態が決まってしまうわけではないのです。解っていることだけに限ってさえ紙面上に表現しきれない莫大な数の素反応の連鎖によって生命体は維持されています。自覚されることがないその連鎖反応が生命体を生命体として維持しているのです。免疫細胞の活性化に至る現象に限ってさえ、そのことを認めることができます。生体内の現象に対しより実態に近い認識を得るためには、フレキシブルな意識を持つことは不可欠なことです。なお、がん細胞の駆逐に関し、T細胞を活性化させる寄生虫トキソプラズマの能力が最近注目されています。

さて、今日の理解によれば、花粉症やぜんそくの発症率が、乳幼児期に細菌の細胞壁の構成要素の1つであるエンドトキシンにさらされた場合低下することが知られています。乳幼児期の環境のクリーンさがアレルギー症状の発現を許していたことになります。幸い、Tレグ細胞の働きは、そのアレルギー症状の克服を可能にしようとしています。花粉症、食物アレルギー、動物アレルギー、ぜんそくなどのアレルギーを克服できる日は近そうです。事実、研究現場では、Tレグ細胞の働きで、アレルギーが克服されたケースが既に確認されています。

免疫システムを正常に機能させるための重要な活動は、大腸だけでなく小腸においても確認されています。小腸には細菌やウイルスなどを体内に取り込むための取り込み口が点在しています。しかも、その取り込み口の直下には膨大な数の免疫細胞が密集して存在しています。取り込んだものが身体にとって異物かそうでないかを区別するための訓練を、免疫細胞たちはその部分で受けていると理解されています。

免疫維持には、経口による食物摂取が極めて重要なわけです。しかし、お医者様方の意識は、わたしに対し食物摂取の停止と、それに合わせた医療上の処置とを施すことへと判断を導いてしまいます。わたしに言葉を紡ぐ能力がないことは嚥下機能が脆弱であることを意味するという認識が、それを導いてしまうのです。息子はいつもその認識が誤りであることを、食物摂取のデモンストレーションを含めて訴え続けるはめになっています。

第三章　細菌の活動を止める抗生物質の働き

病原菌による炎症を抑える抗生物質

免疫応答が不十分である段階で、炎症を拡大させる病原菌の活動を抑制してくれる物質がいわゆる抗生物質と呼ばれる抗菌薬です。ただし、肺炎桿菌《はいえんかんきん》クレブシエラ・ニューモニエには、βラクタム系に属するペニシリン系抗生物質は効き目がありません。クレブシエラ・ニューモニエは、グラム陽性の桿菌に分類され、口の中や腸の中に普通に存在している細菌で、健康体に対しては病原菌ではないです。

ところが、体調を崩し免疫機能が低下すると、しばしば呼吸器感染症、尿路感染症、菌血症などを引き起こす病原菌となります。また、クレブシエラ・ニューモニエを含むその仲間は、日和見感染と呼ばれる気まぐれを起こし院内感染の原因となることが知られています。幸い、βラクタム系であってもセフェム系抗生物質セフォキシチン、セフメタゾール、セフォタキシムなどは、クレブシエラ・ニューモニエに対して効き目を示します。このことが、37度前後の発熱に対し、セフェム系抗生物質のフロモックスをわたしに処方してくれていたお医者様が言及したかった処方理由なのかもしれません。

抗生物質をはじめとし薬を処方するとき、最適選択が行われる必要があります。しかし、薬の主成分を構成する物質の分子構造そして分子構造から生じる生化学的および生理学的特異性を考慮し、加えて、患者の肝機能、腎機能、体質、および病状の特異性を考慮し、迅速に最適な薬の選択をすることは、誰にとってもやさしいことではないはずです。

わたしは日々たゆみなく続くブレイクスルーを日本経済新聞から気づかされてきました。分子構造を変更し病原菌に対抗しようとしている開発現場の意志が、そして、その意志が達成させたブレイクスルーの結果が、タイムラグなしに治療現場に役立てられることが望まれます。一方で、ある薬効を期待して開発された薬に対し、非常に有益な他の薬効が発見されるという事例が最近ときどき報道されます。

研究開発現場には、新しい認識が日々蓄積されています。そのような認識を掲載した細胞分子生物学・生命科学・医学関連の専門誌上の情報だけでも人の脳内にデータベースとして整理し管理することは不可能です。まして、薬を構成する分子の分子構造とその薬の効果との関係に関する全特許情報、および薬の副作用に関する情報、それらすべての情報をデータベースとして整理し一元的に管理することは人の脳では不可能です。検査データとそのデータベースとを照合して最適診断および最適処方を瞬時に行うことも、人の脳では不可能です。しかし、ＡＩであればそれが可能です。しかも、それを合理的に達成できるＡＩシステムは既に確立されています。診断および処方のＡＩ化は、医療費の削減も医師不足も一気に解決するポテンシャリティーを持っています。

ところで、利用可能な抗生物質すなわち抗菌薬は、化学合成されたものを含め２００種類近くに達します。抗菌薬を、それぞれの特異性を考慮して多数の候補の中から、検査データと科学的根拠とに基づき最適選択と投与方法とをストレスなしに瞬時に見出そうとするのであれば、ＡＩを活用せざるを得ません。それを人が行うとすれば、記憶しきれない多くの種類の抗菌薬の中から最適選択と投与方法を見出すためにストレスを伴う脳の活動が求められることになります。抗菌薬分子を新しくデザインし化学合成する場合にも、細菌の細胞活動の何を阻害しその細菌を死滅させるかについて、蓄積された分子生物学的知見と直感を頼りにストレスを伴う脳の活動が要求されることになります。もちろん、そのようなストレスフルな脳の活動があるからこそ、化学的に完全合成された抗菌薬分子から、分子の基本構造内に小さな分子を結合させ部分的に改変させられた抗菌薬分子に至るまで、様々な種類の抗菌薬分子が日々作り出されているのです。

細胞壁合成酵素の作用を阻害し糖タンパク質分子の重合反応を制止し細胞壁の形成を止

め、浸透圧の作用で病原菌をパンクさせ死滅させるタイプの効果を誘導する抗菌薬、それがβラクタム系抗生物質です。また、同様なタイプの抗菌作用を誘導するポリペプチド系抗菌薬があります。セフェム系抗生物質やペニシリン系抗生物質はβラクタム系に属し、多くの種類の細菌に対し抗菌効果を示し医療現場では重宝されています。分子の基本的な構造部分を残し、様々に化学的に手が加えられた分子として数多くの種類のβラクタム系抗生物質が存在し利用可能です。

細胞壁構造を構成する糖タンパク質分子そのものの合成を阻害し病原菌を浸透圧の作用でパンクさせ死滅させるタイプの効果を誘導する抗菌薬が、ホスホマイシン$C_3H_7O_4P$です。ホスホマイシンは、βラクタム系抗生物質の働きとは異なるプロセスで細菌を最終的にパンクさせています。

細菌のリボソームの特別なサブユニットに結合し、アミノ酸を運ぶトランスファーRNAのリボソームへの結合を阻害しタンパク質合成を制止することによって細菌増殖を止め、細菌を死滅させるタイプの効果を誘導する抗菌薬が、マクロライド系抗生物質です。また、同様なタイプの効果を誘導するアミノグリコシド系抗生物質やテトラサイクリン系抗生物質があります。

リボソーム上で合成過程にあるペプチド鎖の移動を阻害しタンパク質合成を制止することによって細菌の増殖を止め、死滅させるタイプの効果を誘導する抗菌薬が、クロラムフェニコール系抗生物質です。クロラムフェニコール系抗生物質は、マクロライド系抗生物質の働きとは異なるメカニズムで細菌の細胞内でのタンパク質の合成を止めています。

ＤＮＡ二重らせんのねじれを寄り戻す酵素であるＤＮＡトポイソメラーゼの活性化を阻害し、ＤＮＡ複製を止めることによって、病原菌を死滅させるタイプの効果を誘導する抗菌薬が、キノロン系およびニューキノロン系合成抗菌薬です。ニューキノロン系合成抗菌薬は、マクロライド系抗生物質やセフェム系抗生物質などと同様に、多くの種類の細菌に対し抗菌効果を示し、１種類の薬だけでさまざまな種類の細菌を殺すことができます。しかも、経口投与が可能で、それは、効率よく腸から吸収されて血液中へと移行します。ニューキノロン系合成抗菌薬の吸収率は90～95％でセフェム系抗生物質のほぼ倍に達し、注射でも経口投与でもほぼ同じ効果を導きます。分子の基本的な構造部分を残し、様々に化学的に手が加えられた分子として数多くの種類のニューキノロン系合成抗菌薬が存在し利用可能です。

葉酸・生合成系を阻害し、葉酸代謝物であるテトラヒドロ葉酸の供給を細菌の細胞内で決定的に不足させ、結果として細菌のDNA合成とRNA合成を止めることによって、病原菌を死滅させるタイプの効果を誘導する抗菌薬が、分子構造中にスルホンアミド基を持つサルファ薬です。サルファ薬は、キノロン系合成抗菌薬の働きとは異なるメカニズムで細菌の細胞内でのDNA合成とRNA合成を止めています。

なお、細菌の生命活動の何を阻害することによって、その細菌を死滅させるか蓄積された分子生物学的知見をデータベースとして、抗菌薬分子を新しくデザインする作業を、AIに行わせることは可能です。耐性を可能にするDNAが一部の細菌中に形成されると、そのDNAは全ての細菌の間に一気に拡散してしまいます。抗菌薬の化学合成の見地から、耐性菌に速やかに対処しようとするのであれば、AIの活用は有効なはずです。

抗菌薬の特徴を使いこなすことへの期待

ニューキノロン系合成抗菌薬は使い勝手の良い抗菌薬です。そのような使い勝手の良さのみに向かった認識をもたらす意識に基づいて、必要性の根拠への十分な認識を欠いた乱用を許すと抗菌薬の効かない「耐性菌」の出現という難しい事態を招いてしまいます。しかし、中途半端な使用停止で病原菌を残せば、再び投与を行わなければならなくなります。このことは、マクロライド系抗生物質、セフェム系抗生物質などその他の抗菌薬についても言えることです。病原菌の駆逐効果を最大化しながら副作用を軽減して、治療効果を上げることが求められます。また、病気を引き起こしている病原菌を特定できれば、それに特化した抗菌薬を投与でき、治療効率が上がります。抗菌薬の選択と投与方法に関しては最適化が必要であり、ストレスを伴う脳の活動が求められます。それゆえ、ＡＩの活用により、それが軽減されることには意義があります。

言葉を紡ぎ出す能力をほとんど失ったわたしが、37度前後の慢性的微熱を理由に受診したとき行われる血液検査データと血圧のデータとからわたしの病状を、患者1人当たりに許される診察時間内に、確定的に洞察できると断言できるお医者様は多分いないと思います。それゆえ、「身体のどこかで炎症が生じている」という不確かな根拠ではあっても、病状改善への期待を込めて、多くの種類の細菌に効果があるセフェム系抗生物質のような抗菌薬を処方せざるを得ないという実情があることを否定はできないはずです。幸い、そのように期待することには妥当性が、多くのケースで担保されています。タンパク質の摂取が適切である患者の身体には、免疫機能の健全性が備わっているからです。そのようなケースに対し、血液検査データと抗菌薬のデータベースとから抗菌薬の最適選択をＡＩに実行させるということには、医師不足への対応や医療費削減の見地から、意義があります。

第四章　見えない病原体と向き合うための意識とは

ミクロの病原体を適切に認識すること

わたしを悩ませた微熱は、慢性膀胱炎であったり、腎盂腎炎あるいは尿道カルンクルであったりということで病原菌が原因の炎症でした。2014年1月初め、ホームステイ先から戻ったときは異なりました。ノロウイルスに感染したことによるウイルス性の炎症でした。ホームステイ先から帰宅後下痢と嘔吐と発熱がありました。息子は、その処理をしました。その関係で、わたしとともに隔離入院させられるはめになりました。

当然、ウイルスの存在は目に見えないため、目に見えない原子や分子と同様に意識の外側に位置する存在です。意識の支配下にないということは、通常、脳はそれを認識していません。病気になり、しかも人から人へ感染する現実に直面して、何かの存在にやっと脳は気づくことができます。その何かがエボラウイルスだったとフランスのリヨンにあるパスツール研究所は突き止めました。そして、パスツール研究所から報告を受けたギニア保健省がエボラウイルスを認識したとき、既に2014年3月22日になっていました。

その日が、エボラ出血熱の発症に対し、公が公式に認識した期日です。そのエボラ出血熱は、２０１４年1月から翌年の年末まで、西アフリカで流行し続けることになります。そして、その流行は世界に衝撃を与えることになっていくわけです。エボラ出血熱に感染したときの深刻さについて、人類は既に１９７０年代に気づいていました。しかし、ホモサピエンス発祥の地、アフリカのとてもローカルな一地域の風土病と見なされ、エボラ出血熱の発症は、日本を含む欧米諸国にとり、意識の外に位置していました。

そもそも、非線形的に深刻さを増大させる感染の実態を楽観視させ続ける意識は、脳にいつものやり方での認識に留まらせたままにします。結局、その意識は、２０１３年の12月、ギニアの一地方に端を発したエボラ出血熱が、翌年3月末にはギニアの首都コナクリでも感染者が確認されるまで拡大させてしまったわけです。さらに、5月から6月にかけ隣国のシエラレオネ、そしてリベリアへと感染を拡大させてしまいました。感染はナイジェリア、セネガル、コンゴ民主共和国などでも確認されていました。大流行が起こった地域から帰国した人たちとはいえ、スペインやイギリスでもエボラ出血熱に感染した患者が確認されました。西アフリカにおけるエボラ出血熱の拡大は、「国際的に懸念される公衆衛生上の緊急事態」であると、8月8日に世界保健機関ＷＨＯに宣言させるまで深刻な状態に発展させてしまいました。

早くて数日、遅くても20日前後の潜伏期間の後、38度以上の高熱、頭痛、筋肉痛、のどの痛みなど風邪に類似した症状でエボラ出血熱は始まります。それに引き続いて、嘔吐、下痢や内臓機能の低下がみられ、さらに進行すると身体のいろいろな部分から出血し、死に至ることになります。しかも、致死率が非常に高い病気として知られています。ギニアに端を発した西アフリカでの今回の大流行では、感染が疑われる例も含め28512名が感染し、11313名が死亡したと2015年10月18日、WHOは発表していました。年が明けた2016年1月14日、WHOは、西アフリカで確認されたエボラ出血熱感染の終息を宣言しました。しかし、その翌日1月15日にシエラレオネで、2015年9月に確認されて以来となる感染者が確認されました。この種の感染症に関して意識の外側で起こる低い確率での発生にも心配りが必要です。WHOのコメントは、警戒と緊急対応できる態勢を整えておくことが継続的に重要であることを人々に気づかせています。

富士フイルムの傘下の富山化学工業が開発したインフルエンザ治療薬「ファビピラビル」は、ウイルスのRNAポリメラーゼの阻害薬です。マウスを用いた実験ではエボラウイルス感染への治療効果が確認されています。エボラ出血熱治療薬としてファビピラビルの臨床試験は2014年12月からギニアで開始され、その有効性を確認したとフランス国立保健医療研究所は発表していました。ただし、「国境なき医師団」は、ウイルス量の多い患者や子供に対してはその効果は十分でないと指摘しています。治療効果の現れ方は、エボラウイルスへの感染時期と薬ファビピラビルの投与のタイミングとに強く依存するようです。とはいえ、手の打ちどころがなかった状態に対しインフルエンザ治療薬のファビピラビルは突破口を開けたと言えるようです。また、心臓不整脈の治療に使われているイオンチャンネル遮断薬であるアミオダロンには、エボラウイルスの細胞侵入を抑制する効果がありました。２０１４年に実験室における実験で、それが確認されています。

ところで、ある目的で開発された薬が、期待していない疾病に対しても良い効果が見いだされている事例は、他にもあります。

一例がベバシズマブです。それは加齢黄斑変性や糖尿病性網膜症に対する治療薬として期待されています。ベバシズマブは、血管内皮細胞増殖因子に対するモノクローナル抗体です。血管内皮細胞増殖因子の働きを阻害することにより、血管新生を抑え腫瘍の増殖や転移を抑える作用を持つ分子標的治療薬の1つで、抗がん剤として使用されている薬です。

もう1つの例、ニボルマブ（オプジーボ）に注目すべきポジティブな非線形効果を認めることができます。T細胞表面には、T細胞の働きを抑制する遺伝子の活動を誘導するタンパク質分子ＰＤ－１が存在します。ニボルマブは、そのＰＤ－１と結合し、Ｔ細胞が果たすべき免疫機能にブレーキがかからないようにします。ニボルマブは、抗ヒトＰＤ－１モノクローナル抗体からなる分子標的治療薬です。ニボルマブの結合によって、Ｔ細胞が果たすべき免疫機能は、妨害を受けることなく、がん細胞を攻撃できるようになります。当初、それは、皮膚がんの一種、悪性黒色腫の治療薬として認識されていました。しかし、肺がんや腎細胞がんにも有効性が認められ、適用が拡大されている分子標的治療薬の１つです。ＰＤ－１とその機能を研究し、それに基づき、がん治療への新たな方向性を与えた本庶 佑博士の功績に対し、２０１８年ノーベル生理学・医学賞が授与されました。

ここまでの例以外にも、血液中のコレステロールを低下させるための薬であるスタチンが軟骨の形成を助けること、アスピリンが大腸がんを抑制する作用があること、アルツハイマー用の薬の１つが乳がんを抑制する作用があること、Ｃ型肝炎用の薬リバビリンは抗前立腺がん薬に耐性を持ったがん細胞に対し抗がん剤の効果を復活させる作用があることなど、いくつもの例が次々と報道されてきています。当初期待した効果以外に、思わぬ良い効果が得られることは良いことです。なお、最近では、ＡＩを活用して積極的にそのような可能性を探る試みがなされているようです。

感染症の推移に関する緻密な観察と記録の意味

検査でただちに陰性と確認されたようですが、２０１４年年末、東京でもエボラ出血熱感染者発生かという疑いが発生したことがありました。わたしはそのころ、すこぶる調子が良いというわけではありませんが、デイサービスに行かない日は、野球、相撲、国会中継などのテレビ番組を見ていました。だから、エボラ出血熱感染者発生のニュースが世の中を騒がせていたことを知っているのです。報道によれば、東京で患者発生かと疑われたとき、事態への対応の緩慢さは、感染拡大を防止するという見地から問題視されるべきことでした。エボラウイルス封じ込めへの意識が、十分な高さになかったのです。

そのとき、感染拡大防止の見地から再認識させられた重要事項があります。それは、患者ごとの容態変化に対する緻密な観察と記録、各患者に対し行ったエックス線写真撮影などの検査と記録、感染原因と感染経路の合理的推定と記録、そしてそれらの事実関係のすべてを適切に結びつける緻密な洞察力を生み出す脳の活動、そうしたすべてが重要であるということです。それらの重要性に常に気を配り、不具合の広がりを食い止めようとする意志を脳に所持することを許す意識が必要なのです。そのような意識が、1人の医師の脳の中にありました。その意識は、インフルエンザと同様に飛沫感染で感染が広がり、インフルエンザとは異なる高い致死率の深刻な呼吸器疾患を発症させる感染症の実態を、その医師の脳に認識させていました。その医師こそ、WHOのイタリア人医師カルロ・ウルバニです。

未知の感染症の実態を示す観察事実から認知機能を切り離したままにしている意識、その上、その感染症に対し、いつものインフルエンザとしてこれまで通りの認識を許している意識、その意識から、人々の認知機能を目覚めさせなければ、感染症の拡大を食い止めることはできません。未知の感染症に対し、いつものインフルエンザであるという理由を掲げ、その感染症の実態を観察事実通りに認識する認知能力を脳に導くことを拒む意識に変更がなければ、感染症による被害は拡大し続けることになってしまいます。幸い、ウルバニの努力と行動は、観察事実が示す実態を脳に認識として導くことを拒む意識から、人々の認知機能を目覚めさせました。ウルバニの脳の中で活性化している神経細胞ネットワークが形づくる意識によって導かれた認識は、重症急性呼吸器症候群の拡散という危機から世界を救ったのです。

ウルバニは、重症急性呼吸器症候群いわゆるＳＡＲＳを、感染力が非常に強く致死率の高い新しいタイプの呼吸器疾患としていち早く認識し、国際社会へ報告したイタリア人の内科医です。ウルバニは、ＷＨＯの職員としてベトナムのハノイで子供たちの死亡原因として無視できなかった感染症の対策に携わっていました。

ことは、２００３年2月後半、中国系アメリカ人のビジネスマンが中国からハノイに着いたことから始まりました。ビジネスマンの容態は肺炎に似ていたため、インフルエンザが疑われフレンチホスピタルに搬送されました。ビジネスマンの症状は重症化する一方でした。その事態に対し、感染症の研究をしていたウルバニが急遽診察に参画することになったわけです。これが、ウルバニがＳＡＲＳと向き合うこととなった発端です。ビジネスマンの病状は極めて短い日数でどんどん悪化し、それに併せてビジネスマンのエックス線写真上の陰影は白色部分を急速に増加させていました。その実態は、ウルバニの脳に、いつもと違う事態の異常さ、インフルエンザとは違う事態の異常さを気づかせていました。間もなくして同じような肺炎の症状が、ビジネスマンの治療に関わった病院の医療従事者の間で次々に発症する事態にも、ウルバニは直面することになりました。

各患者の症状がこれまでのどの感染症とも異なる推移の仕方をすることにウルバニは対

処しなければなりませんでした。そして、緻密な観察と記録、未知の病原体の可能性への洞察、感染の広がる仕組み、その防止対策、有効ではないとしても試みたすべての薬に関する情報、および病状推移に合わせ試みた処置方法、それらの実情を診察の合間に、ウルバニはＷＨＯにすべて報告していました。その中には、深刻な感染を拡大させないためには、少なくとも飛沫感染対策とともに病棟の隔離処置を行うことが重要であるという指摘も含まれます。

当初は、深刻さを物語る観察事実を理解せず、いつものインフルエンザであるとする認識を持ち続けようとする意識に支配された医師や行政とウルバニは向き合わなければなりませんでした。ところが、感染した医療従事者の病状が悪化するにつれ死亡者が現れ始めると、医師を含む医療従事者が感染した同僚を見捨てて病院から逃げ出し始めました。その一方で、感染症発生という事態の深刻さより、それを公表することによって受ける経済的損失のほうが重視されるべきことだという強固な認識を支える意識とウルバニは向き合わなければなりませんでした。負のイメージを与え、経済的デメリットを被るくらいなら情報を隠しておいたほうがメリットは大きいという、他人事とは思えない判断があったのです。しかし、航空機による人々の移動が感染症の閉じ込めを不可能にしてしまうことは誰にでもわかることです。それにも関わらず、感染症に関わる情報統制の壁は強固でした。この状況は、２００３年当時未知の肺炎ウイルスであったＳＡＲＳへの治療法と国際防疫体制との確立を早期になし遂げる必要があると認識していたウルバニの前に立ちはだかった大きな問題でした。

ＳＡＲＳと命名されたこの未知の感染症に感染したことを自覚したウルバニは、最初の患者がハノイで見いだされた月の翌月である3月11日に、航空機でハノイを離れ、タイのバンコクの病院に隔離されました。結局、ＳＡＲＳと向き合い綿密な観察記録に加え、対処の可能性を探った詳細な記録を残してくれた医師ウルバニは、バンコクの病院でこの世を去りました。ＳＡＲＳに立ち向かうための彼の精密な知見は、彼のレガシーとなり、彼の亡き後、ＳＡＲＳの早期封じ込めを成功に導くことになるのです。大規模な流行はそれによって防がれたわけです。

ウルバニのレガシーはＷＨＯとベトナム政府に行動を決意させました。適切な病棟隔離対策と旅行者検閲をハノイで実施させたわけです。さらに、症状の推移、症例の深刻さ、そして症状を改善する薬が見当たらないことなどを示すウルバニの報告に基づき、ＷＨＯは、２００３年3月12日、全世界に向けＳＡＲＳへの世界規模の警戒を発信しました。Ｗ

HOは各国の政府に適切な対応をとるように働きかけたのです。ウルバニの精密な記録と報告のおかげで、WHOは迅速で適切な世界規模の対応ができたわけです。その後4ヶ月ほどで、SARSの流行は収束し、2003年7月5日にWHOは最後の警報を解除しました。なお、SARSを発症させたウイルスは、同年3月27日には新種のコロナウイルスと同定され、SARSコロナウイルスと命名されていました。

WHOの警報が解除された7月までに、世界中で8273人が感染し、775人が亡くなったそうです。このようにSARSの致死率は、10パーセント近くに達するものです。人々が航空機に乗りグローバルに移動する今日、SARSが、いつもの意識に依存した脳の働きによって見過ごされれば、飛沫感染で通常のインフルエンザのように人から人へ簡単に感染するSARSに、世界中の人々が巻き込まれる事態になっていたはずです。事実、WHOは、香港を含む中国とベトナムのハノイ以外に、カナダのトロント、ドイツのフランクフルト、インドネシア、シンガポール、タイで患者が確認されたとしています。医師ウルバニの脳の働きがわたしたちの健康を維持することにいかに貢献したか、その貢献の大きさをわたしたちは理解できます。

エボラ出血熱が社会的に問題視されていたころ、SARSの犠牲となった医師カルロ・

ウルバニの功績、いわゆる緻密な観察に基づく洞察と綿密な記録、そして感染拡大への危機感を持った行動が、ＳＡＲＳ感染から国際社会を救っていた教訓として再報道されていたのです。エボラ出血熱にはＳＡＲＳよりさらに高い致死率が伴います。しかし、エボラ出血熱の主要感染経路は飛沫感染ではなく接触感染です。それゆえ、エボラウイルスに関しては、ウルバニのレガシーにあるように適切な対応をすれば、ＳＡＲＳより容易に封じ込めができるわけです。

見えない病原体と向き合う適切な認識とは？

適切な意識に基づき適切な認識に達していれば、封じ込めの必要がない病気があります。そんな病気に対して、不適切な意識に依存した脳によってつくり出される不適当な認識が、封じ込めという不具合を生み出していました。ウルバニを行動させしめた意識とは逆の意識、すなわち実態を適切に認識することを拒む意識がハンセン氏病に関してありました。しかもそれは長い間放置されてきました。自然免疫機能が脆弱である特異体質とらい菌感染との相乗作用で発病し、健康体質での発病は自然免疫機能のためほとんど無視できるとハンセン氏病の本質を突き止めていた1970年代のサイエンスは、長い期間注目されてきませんでした。その本質を、社会が「らい予防法廃止」という形で認めて2016年でやっと8年目です。最高裁は、その遅れを、2016年4月25日に謝罪会見していました。

ハンセン氏病の実態を脳に適切に認識させることを許す意識が多くの脳に育まれるということに向け、努力すべきでした。そのことに関し、サイエンスは、長い間、関与を停止してきました。本質は何かを示さなければ目的を果たしたことにならないサイエンスが、役割を果たさなかった事実に対して、サイエンスは責められなければなりません。医療は技術であり、サイエンスの知識を利用する受け身の立場です。それでも、ヒポクラテスの誓いを尊重する意識が現代医療においても保持されているならば、ハンセン氏病への対応に関して自主的な責めはあっていいのかもしれません。

ハンセン氏病の研究者であり僧侶でもあった小笠原登博士は、患者を注意深く観察することを通して、ハンセン氏病の発病は体質に依存し、健康な人への感染力は非常に低いことを見抜き、しかも不治ではないことも見抜き、それを根拠として、患者の強制隔離政策の不適切さを指摘し続けていました。小笠原博士は、1941年2月22日付の「中外日報」に、その観察事実を紹介していました。しかし、当時の研究者の意識は、小笠原博士の指摘を拒絶する選択を脳にさせていました。

一方、米国では、細菌感染症の治療において、スルホン系の化合物が著しい効果を持つ事実が知られるようになっていました。そのことは、新しい意識を脳に導きました。スルホン系の化合物グルコ・スルホン・ナトリウムである「プロミン」が、コバクテリウム属の細菌である「らい菌」によって引き起こされるハンセン氏病の治療薬として有効である可能性が、浮上したのです。その可能性は、ルイジアナ州カーヴィルの国立ハンセン病療養所のガイ・ヘンリー・ファジェットのもとに知らされました。結果、ファジェットは１９４０年代の初期に既にプロミンの有効性を臨床的に確認していました。その確認により、米国ではハンセン氏病患者への屈辱的扱いは著しく改善されることとなったのです。プロミンの合成は、石館守三博士によりハンセン氏病治療薬として１９４６年に日本で最初に達成され、日本でも多くの患者に対し治癒への道が開かれました。しかし、変わらない社会の意識は、なおハンセン氏病の実態を脳に正しく認識させることを拒み時間が過ぎました。それゆえ、物事の本質を示すという本来の役割を十分に果たさずにきたサイエンスの代弁者として、最高裁は２０１６年４月に謝罪会見をしなければならなかったわけです。

ＨＩＶに関しても同じような事態が不適切な意識により引き起こされていました。そのような意識に依存した脳がつくり出す不適切な認識を払拭しようと慈善活動を行っていたプリンセス・ダイアナの姿を覚えている方もたくさんおられるはずです。それに対し、サイエンスが、本質とは何かを示さない、適切な意識を育む努力の支援もしないということであれば、サイエンスの価値は失われることになります。

感染症ではありませんが、報道によれば、長い人で50年間、精神疾患者扱いされたまま福島県内の病院に社会から隔離された状態で管理され続けていた人々がいました。しかも、そのような事例は福島県以外の地域にもありえ、その事態に対し、人権侵害に当たるとして、日本政府は国連から勧告を受けていました。その状況に対し、テクノロジーには何の責任もありません。欲望の具体化を支えることがテクノロジーの役割です。緻密な観察に基づき本質を示すという役割は、テクノロジーにはありません。医療には、その状況に対し、ヒポクラテスの誓いを尊重する精神が生きているならば、その精神に従った判断が求められます。サイエンスには、その状況に対する責任が問われます。脳の活動状態は、ファンクショナルMRIという特殊なMRIを用い画像として知ることができます。脳の活動状態と疾患との相関を研究することができるのです。福島県で発覚したような状況に対し本質を示すことがなかったサイエンスは責任が問われます。

第五章　テクノロジーの誘惑に対し客観的な意識を持つこと

人類を支えているプラネット

探査機カッシーニが土星に突入していった2017年9月15日には、テレビのニュースでそれを見ていられるまで、血栓を溶かす薬エリキュースのおかげで体調が回復していました。デイサービスへの参加の再開を検討しても良いかと思っていました。赤色矮性トラピスト1に発見された地球型惑星がニュースで話題になっていたのも、そのころです。

太陽系以外の恒星系に存在する惑星の観測は始まったばかりです。その上、太陽系外惑星の観測には難しさが伴います。そのため、惑星の存在に関する認識は、まだ極めて限定的です。しかし、観測は精度を上げ、しかも観測範囲を少しずつ広げる努力が続けられています。ホモサピエンスが地球人だとわたしたちに認識させる日が、近づいていることを否定できません。ホモサピエンスが地球人だと認識できる日、それは、地球をどのような境界線で分割し所有の権利を行使するかではなく、地球と地球環境をどのように共有するかが重要であることに気づく日です。

今日、NASAのケプラー宇宙望遠鏡は、太陽の半分から10分の1程度の重さしか持たない赤色矮星と呼ばれる小さな恒星の周りに、地球のようなタイプの惑星を次々と見つけています。NASAによれば、40光年彼方の赤色矮性トラピスト1の周りには、地球型惑星が7つも公転しています。その7つの惑星どれもが、地球と同じような重さ、同じような大きさを持ちます。しかも、そのうちの3つは、液体の水が惑星表面に存在できる領域を公転しています。ただし、トラピスト1からの強い恒星風にさらされている状況を考慮すると、生命の生息に十分適しているとは言えない可能性があると最近になって指摘されています。

とは言え今日的認識によれば、生命生息可能な領域内を運動する地球型惑星に生命が生まれる確率より、サイエンスの知識をテクノロジーに利用することに気づいた知的生命体が文明を100万年、1000万年……と持続させる確率のほうが小さいかもしれないということです。ホモサピエンスがアフリカに誕生して15万年、産業革命を最初に経験してからはたった300年しか経過していません。テクノロジーとアミグダラ（扁桃体）の異常な活動とによって、15万年から見ればはるかに短期間のうちに、ファウストの魂がメフィストフェレスに持ち去られるように、人類の魂が煽られた欲望のために奪われてしまう可能性が、人類の意識次第ではあり得るということです。

ドレイク方程式によれば、銀河系内の知的生命と交信できる確率は、「1つの恒星を取り巻く惑星系内に交信可能な文明を知的生命体が築き上げる確率」と「その文明が持続する期間」とに比例します。SETIと呼ばれるNASAのプロジェクトがあります。それは、専門家だけでなく世界中の天文愛好家を巻き込んだグローバルなプロジェクトです。ホモサピエンスのように通信手段として電波を使う生命体が銀河系のどこかに存在すれば、漏れ出た電波が宇宙空間を伝播しているはずです。そのような電波を検出しようとするプロジェクトが、SETIと呼ばれているプロジェクトです。SETIはグローバルな体制で長年続けられてきました。しかし、未だにそれを検出できていません。このため、電波を使えるような技術文明は、アミグダラの活動に原因した不安と脅しと軍事活動を伴って不安定化しやすく、その持続期間は人類が期待するほど長くはないのではないかという悲観的な見方が、ドレイク方程式に従って生まれてくるのです。

もちろん、プロジェクトは今も継続しています。いつか、その懸念を払拭してくれるものと期待しています。また、新しい知恵を人類と地球のためにつくり続けている知の巨人である哲学者による導きにも期待しています。それによって、わたしたちの惑星上で、十万年を超える文明の持続性を許す意識が、ホモサピエンスの脳に導かれ続けることを期待するのです。ちなみに、こんにち行き場を探している核の廃棄物である高レベル放射性廃棄物が持つ放射能強度が、ウラン鉱石が持つ放射能強度まで減衰するために要するその廃棄物の貯蔵期間が十万年超です。なお、文明の不安定化を避け安全性管理下で貯蔵すべき十万年という期間と、原子力エネルギーを利用してきたこととの間をどのように意味づけるかについては、エネルギーの利用者ひとりひとりが哲学すべきテーマの１つです。

プラネットの生命環境に守られたわたしたち自身の精神とは、宇宙の観測可能な領域、いわゆる１３８億光年の広がりの中で、どのように見えるものかも哲学すべきテーマです。サターンから探査機カッシーニが行った観測には、そんなテーマが含まれていました。カッシーニは、土星の衛星タイタンに分厚いＮ２（窒素）の大気とＣＨ４（メタン）の湖を観測しました。さらに、衛星エンケラドゥス表面から噴き出す氷のプルームを観測し、凍結した表面の下に液体の水の存在を突き止めました。土星を周回する軌道上のカッシーニから見えた地球の実体はといえば、漆黒の空間の中の青い点に過ぎません。その実体から脳がつくる認識と日々見ている地球から脳がつくる認識とは、同じではありません。

ホモサピエンスのみの狭い視点に立っても、地球は文明を享受して生きる人類の共通資本です。地球環境は、市場原理から特立している豊かさです。楽しみを市場経済に託した意識、あるいは投資家のマインドに依存する株価や為替相場という半ヴァーチャルなリアリティにピントを合わせた意識が、脳に地球環境の実態を忘れさせても、地球という惑星の実体が、共存する生き物とわたしたちの文明を支えています。脳がその実体から遊離した認識を持ち続けることは、地球や文明の持続性に関して、リスキーなことです。

国連の気候変動に関する政府間パネルIPCCからの勧告はあっても、温暖化の抑制はまだ機能していません。2014年の夏には、熱帯の風土病であるデング熱を発症した患者が東京で現れました。猛毒のセアカゴケグモのもともとの生息域はオーストラリアですが、現在、その生息域は岩手県まで北上しています。今まで通りのエネルギー消費にこそハピネスはあると認識させている意識、その意識に基づいて活動している脳にとっては、IPCCからの勧告はうっとうしいはずです。それゆえ、日々の活動と異常気象との間に因果関係はないというメフィストフェレスの囁きは、脳に侵入した不快感を吹き払ってくれるのかもしれません。しかし、大気中のCO2濃度は毎年着実に上昇し続けています。これは、ハワイのマウナケア山頂で継続的に行われている観測が示す事実です。

経済活動の線形応答として定まる希望が、模範解答ではないと気づいたとき、ノーベル賞受賞者だけではなく、人は誰でも新しくかつ適切な認識を得るために知識を利用しながら知識に拘束されない活動を脳に行わせるものだと、歴史学者が、ある番組で指摘していました。智恵だけで人は生きていけなくても、不安や脅しに動じない智恵によってハピネスの維持はできると確認させてくれます。地球環境と調和した心のゆとりが日々の生活の中でどれだけウエイトを占めているかは、智恵の使い方次第です。脳神経解剖学者のジル・ボルティ・テイラー博士の体験によれば、自然界との一体感の自覚は右脳の働きによって許されます。心のゆとりは、右脳を働かせる智恵に託されていることになります。

そのような心のゆとりが日々の生活の中で重みを占めている状態、それこそがハピネスの現れであると2015年のTEDのプレゼンで指摘したのは、英国の統計学者ニック・マークスです。そのハピネスは、文明と地球環境の持続性にとって重要となる意識、その意識と調和するハピネスです。そのハピネスは、国連の気候変動に関する政府間パネルIPCCの活動方針と調和するハピネスです。幸い、2015年12月パリで行われた気候変動枠組条約締約国会議COP21では、195ヶ国がCO2放出の抑制に合意しました。

もしCO2放出の抑制ができず海水温がこのまま上昇すれば、それと接する大気の温度の上昇を抑制できなくなります。メタンハイドレートなどの温室効果に寄与する物質は、海底や寒冷地域の地中でまだ凍結状態にあります。海水温の上昇が止まらず、空気が水蒸気をより多量に含むようになり、同時に温室効果に寄与する物質がガス化し大気中に拡散するような事態になれば、不確定要素はあるにしても、それらすべての現象が協力的に作用し、一気に手の打ちようがない致命的事態に突入することになります。

今日の大気中のＣＯ２濃度のみを考慮しても、宇宙空間に向かう赤外線の一部を地球表面に戻し、海水面を温めています。温まった海水面は大気中の水蒸気を増加させています。水蒸気はＣＯ２より強く赤外線の一部を地球表面に戻し、海面をさらに温め、大気中の水蒸気を一層増加させます。増加した水蒸気は巨大な積乱雲の形成や強力な台風の発生を可能にします。

このような連鎖の実態を、観測から得られるデータを初期条件および境界条件として、熱力学と非線形なナビエ・ストークス方程式とを用い、スーパーコンピュータに数値解析を行わせ、その結果を示すことは、サイエンスの義務です。その義務を放棄することは、エントロピーの増大を放置することであり、サイエンスの価値は失われます。

市場経済に楽しみをたとえ託したとしても、将来の誰かに依頼せずに十万年先の子孫にハピネスの種子を届けることができるのは、今を生きるわたしたちだけであり、わたしたちの意識がそのことに集約すればこそ、わたしたち自身の存在価値を誇れます。ただし、エントロピーの増大とアミグダラの活動が原因して文明が続かないのであれば、そのとき、科学も、哲学も、芸術も、テクノロジーも、経済も、すべて価値を失うことになります。幸い、COP21では、エントロピーの増大を放置してでも達成されるべき経済成長こそハピネスの基礎であるという誘惑に対し、195ヶ国の冷静な脳は、文明を長続きさせようとする意志を確認し合ったことになります。サイエンスは、その意志を助ける義務を負います。

国連設立70年「〝誰も置き去りにしない〟世界を目指して」

わたしの脳が、半導体の発光理由をたとえ携帯しないとしても、麻痺を克服したわたしの手はLEDの輝きを携帯できます。わたしの脳が、一般相対性理論に対しホーキング博士のような理解にたとえ達していないとしても、GPSを利用したタクシーは隣の市にある病院までわたしを連れて行ってくれます。ダイヤモンドの熱的性質をたとえ理解していないとしても、電子素子を組み込んだオキシメータを血中酸素濃度を測るために利用できます。ところが、地球環境と文明に関しては、その実態に対し理解することと必要な行動をとることなくして、その持続は困難になっていきます。

テクノロジーを介して、より多くの利得を、より便利な生活を、そしてより快適な人生を、思いのままに具体化し続けることこそがハピネスを獲得することであると脳に認識させる強い意識を育ててきました。今日、その意識が、地球環境のことに関しても、文明の持続性に関わることに関しても、脳に無自覚をもたらす恐れが懸念されています。幸い、グローバル化に応じようとする強い意志が、世の中にも教育の中にも存在します。その意志を生み出している意識は、自然環境の多様性に対しても、文明を構成する文化の多様性に対しても、脳に理解と受け入れをもたらすことになります。それらの多様性を理解し受け入れることは、それらの存在を、それらの持続性を含めて、受け入れることを意味することになります。グローバル化に応じることこそ、21世紀型の活動であり、ハピネスの源であると多くの脳が認めていることは救いです。

国連は、毎年3月、ハピネスのインターナショナル・デイに合わせ、ハピネスの世界ランキングを発表しています。ＧＤＰの世界ランキングに関しては誰もが気にしますが、ハピネス・ランキングに関しては、より高いランキングを目指そうとする社会的な意志が見えません。その世界ランキングで、日本は毎年60位と50位の間のどこかに位置し、決して高いハピネス・ランキングに位置づけられているわけではありません。一方で、世界には種々の過酷な事情のためにハピネス・ランキング１００位以下に留まらざるを得ない国々があります。そのような状況を踏まえ、国連はとても大胆な目標を今日立てています。

国連憲章で「国際の平和及び安全を維持するために力を合わせる」と決意した国際連合UNは、２０１５年で設立70年を迎えました。そして、過激な活動、民族間対立、貧困と格差、環境破壊、温暖化などを含む地球規模の問題、それらを解決し、誰も置き去りにしない持続可能な世界の実現を目指す意志を示しました。しかも、そのために、17分野169項目にわたる目標を掲げ、途上国にも先進国にも生産と消費のあり方に変更を迫っています。銀河系内の知的文明の存在を暗示するシグナルを検出しようとするプロジェクトSETIのこれまでの結果を、国連が意識しているかどうかは判りません。とは言え、持続可能な文明と地球環境の持続性とを実現しようとする意志、それを全人類共通の意志とすると国連は目標を定め、70億の人類に覚悟を求めてきたわけです。

テクノロジーへの期待に刺激された欲求に依存し判断を下す脳に育まれた意識、その意識は、具体化される経済成長にハピネスの具体化を脳に期待させ、具体化されるハピネスに依存した意識は具体化される経済成長に、次の段階のハピネスの具体化を脳に期待させます。このような連鎖は、無限に可能であるかのように脳に期待させています。その連鎖の中に置かれている脳は、自発的に形づくったハピネスなのか、あるいは誘惑された脳に侵入したハピネスなのか、それらを区別する自由を失っている可能性さえあります。そもそも、その状況を批判的に認識することに関して脳自体が無自覚になっている可能性があります。脳が脳自体の活動に自由を与える能力を失った状況、その状況は、複数の認識が可能な「だまし絵」の一面のみしか認識できない状況に類似しています。そんな状況に、脳が陥っている可能性が地球環境の持続性や文明の持続性の見地から危惧されているのです。

70億の人々のうち7割の人々のエネルギー消費量は世界の全消費量の40パーセントに留まるのに対し、カナダ、米国、韓国、露国、独国、仏国、日本、英国、伊国、および中国の10ヶ国、人口にして3割の人々が消費するエネルギー量だけで世界の全消費量の60パーセントを占めています。もし、3割の人々1人当たりの平均的なエネルギー消費と同じエネルギー消費量を、7割の人々ひとりひとりが消費するとすれば、70億の世界は現在の全消費量の2倍のエネルギーを消費することになります。これが意味することは、今のテクノロジーに依存した経済成長こそ人類のハピネスを形づくると主張する先進国が認識するライフスタイルを、世界の人口の6割以上を占める発展途上国の人々のハピネスのためとして、対策なし考えなしで適用させようとしても無理があるということです。

15万年前にアフリカ大陸に生まれたホモサピエンスは失敗を記憶し、それを避けるために脳を活動させて、さまざまな環境に適応してきました。今日では、自分たち自身の活動が原因をつくり、その原因に対応しなければならない段階に入っています。この問題の深刻さは、ハピネスへの欲求が、ハピネスを壊す原因となっているということです。日々の経験に強く依存した意識が脳に持たせる認識、その認識は、観測が示す地球の実態に単純に近づくことはないということ、そのことに問題の原点があります。この事態への対応には難しさが伴います。それでも、文明に対しても地球環境に対しても持続性を担保できるライフスタイルを、持続可能なハピネスのために、天然資源を提供するだけだった発展途上国の人々を巻き込んで、考える必要性に迫られているのです。文明に対し、そして地球環境に対し、持続可能なライフスタイルを持つための意識を成長させ、その意識を反映させたテクノロジーの生かし方を見いだしていく必要性があるのです。

ナイジェリア出身の女性である国連事務総長特別顧問のアミーナ・モハメッドさんがインタヴューの中で、持続可能なライフスタイルの重要性を指摘していました。ナイジェリアも他の途上国も、日本と同じような経済活動にハピネスを求めるならば、モハメッドさんが指摘するように、日本を上回る温室効果ガスの排出国となります。それは、世界が持続可能性を失うことを意味します。

住む場所、住む環境に依存して、すなわちとても限定的な地理的社会的条件に依存して意識は育まれざるを得ません。しかしながら、現実は、住む地域をはるかに超えた地球全体を鳥瞰するグローバルな意識に目覚めることが求められています。グローバルな産業活動に結びついた経済活動からの恩恵と環境問題の改善とを関連づけながら世界の持続可能性について認識することは、グローバルな意識なしにはできないことです。しかも、持続可能な文明をすべての人々の共通目標として達成を目指すことには、複雑にもつれた関係を伴うアイデンティティの主張との折り合いを探す努力に加えて、ローカルな意識を尊重し、折り合いを探す努力も必要です。したがって、「誰ひとりとして置き去りにしない」という国連のスローガンは、ハピネスが単一な状態に集約されていくことを意味しているわけではないことになります。1人のためにあるわけではない地球が70億と共存するすべての生命とによってシェアされている状態、その状態と調和するハピネスは、意識の持ち方に依存して多様であるべきということを意味しているわけです。

大統領公邸に住まず、郊外の住宅で花と野菜をつくって生活を支え、給与の10パーセントを政治活動に当て、残りの90パーセントを慈善事業に寄付していた大統領がいました。2016年4月に来日したウルグアイ前大統領ホセ・ムヒカ氏その人です。ホセ・ムヒカ氏は、成長に頼らないハピネスを求めること、拡大に頼らないハピネスを求めること、エクサイティングな刺激に頼らないハピネスを求めることは可能であると語っていました。

どの人の脳にも同じタイプのハピネス、あるいは同一のハピネスを、ハピネスとして認識するようにけしかけては、モハメッドさんが指摘するように、地球がもちません。そもそも、アイデンティティに関心を持たずに、同じタイプのハピネスを誰とも同じように持とうとする意志は、脳にストレスを導いてしまうはずです。それは、神経成長因子のおかげで高度に発達した複雑なニューロンの連結からなる脳神経組織を持つホモサピエンスに宿る、個性的な意識が導く本来的意志からは生じることのないストレスです。

そもそもスマートフォンがなくても生きていけます。しかし食料がなければ生きていけません。農業はハピネスを支える産業の中で最も重要な産業です。懸念されているイエローストーンの巨大噴火が起これば火山灰は成層圏まで達し、地球全体をすっぽり包み、地球規模での気候変動を発生させることになります。日本でさえ農業への著しい被害は避けられません。避けられない自然災害からの影響へ、心理的に備え、ハピネスを劣化させない柔軟な意識を育んでおく配慮は必要なことです。ナチスの強制収容所から生還できたフランクルは、体験記である『夜と霧』を通して、「今」への気づきを人々に与えてくれています。ハピネスが否定される状況下で「今」を発見し続けるという単純な行為に、「今」を感じている充実感を持つことができるというのです。

生産と消費の望ましい姿への改善、貧困と格差の緩和、および人為的気候変動と環境破壊の抑制、それらはグローバルな視界の中に見えてくる重い課題であり、それらの間には独立でない関係が存在します。それらの課題には、アミグダラの活性化を刺激している関係さえ含まれています。今日的ハピネスの主要な部分は、そのようなグローバルな課題からほとんど隔離され守られている脳に育まれた意識が自覚させているハピネスです。その意識は、そのハピネスによって実態に対する無自覚化を強化します。

しかし、その意識からもし自由になれれば、認識を実態に近づけるだけでなく、脳は状況の変化に影響されがたいハピネスも認識できるはずです。その上で、自然界と人間の脳の活動との連続的関連性を未開の地に生活する人々の文化から指摘した哲学者、レヴィ＝ストロースの気づきを思い出せれば、地球環境の持続性を守る個性的なハピネスに気づくことができるはずです。レヴィ＝ストロースの気づきに従えば、地球環境と人間の脳の活動との間には連続的関連性が潜在的な自覚として存在することになります。そもそも、脳神経解剖学者のジル・ボルティ・テイラー博士によれば、右脳の活動には自己と外界との連続的一体感を自覚させてくれるポテンシャルがあるのです。その自覚が尊重されさえすれば、人類の脳がさまざまな意識を宿してさえ、地球環境の持続性の見地から望ましい方向へと導く意識を70億の脳で共有できると期待できます。

地球と文明の持続性を許す個性的なハピネスへの気づきは、その第一歩であり、その気づきは脳が抱え込むストレスを緩和することになるはずです。個性的なハピネスへの気づきは、国連がわたしたちに覚悟を求めてきた「誰も置き去りにしない持続可能な世界」の具体化を助ける基礎となります。そもそも、21世紀型の活動の基本はグローバル化に応じる活動と認識されています。多様な環境とともに文明を構成する多様な文化を理解し尊重することに基礎を置くグローバル化に、ハピネスの源があると多くの脳が認めているわけです。しかも、個性的なハピネスへの気づきに関わる基礎は、多様な文化を「理解すること」と「認識すること」にあります。したがって、グローバル化に応じようとする意志の基礎には、国連が掲げた目標へ近づこうとする意志が表れていることになります。グローバル化に応じようとする意志の基礎には、生産と消費のあり方の変更、貧困と格差の緩和、そして環境破壊と気候変動の抑制、それらを地球規模で実行しようとする覚悟が現れているということになります。結局、グローバル化に応じようとする道は、環境に対しても文化に対しても許容される公正な倫理観とグローバルなシンパシーとに基づいて考え直される徳への道とつながり、その道は、国連が掲げる目標に沿う意志を具体化する道につながっていることになります。

イノヴェーションが原因するパラダイムシフト

毎年3月20日は国連が定めたハピネスのインターナショナル・デイ（国際幸福デー）です。その日に先立って3月14日に、国連は２０１８年版の世界幸福度報告書を公表しました。それによれば、各自の人生選択の自由度、各自が他者に対し持つ寛容さ、および社会の非腐敗度、これら3つの調査項目に対する評価の低さが足枷となり、日本の幸福度の世界ランキングは１５６ヶ国中54位でした。ちなみにトップはフィンランドで、２位ノルウェー、３位デンマーク、４位アイスランド、５位スイス……と続きます。そして、軍事衝突が今でも残るシリアは150位、1993年にフツ族とツチ族との間に悲惨な内戦を起こしたブルンジは156位でした。このハピネス・ランキングは、GDP値、社会的支援、および健康寿命を含む6項目に対して評価されています。それゆえ、国連が示すハピネス・ランキングは、GDP値を介してイノヴェーションからの影響を受けていることになります。

くも膜下出血を発症する前日まで、わたしのハピネスの1つは、製薬会社を含め、どの企業がどんなブレイクスルーを実現したかを発見することでした。そのため、わたしは早朝届く日本経済新聞がいつも楽しみでした。多くのケースで、ブレイクスルーがもたらしたイノヴェーションは、前のブレイクスルーがもたらしたイノヴェーションと置き換わることになっています。言い換えれば、人々に向けて望みを更新し、望みを増幅させるイノヴェーションが、実現された瞬間からそのイノヴェーションの陳腐化が始まっているわけです。企業にとって、そのイノヴェーションからの利得の集積は、陳腐化しきるまでの過渡現象下でのみ可能です。経済学者のヨーゼフ・シュンペーターはそのことに気づき、指摘していました。今日、イノヴェーションの完全陳腐化までの期間は日増しに短くなっています。企業が利得を獲得し続けるためには、次々とイノヴェーションをより短いサイクルで繰り返す必要があります。人々のハピネスにとり本質的に有益か否かは別として、そのサイクルは、ハピネスの部分的な質が短い期間で変更されていくことを意味します。

石器の使用や火の使用に始まる原始的イノヴェーションを人類は達成させていたとはいえ、15万年間、人類は他の生物と同じで、地球にとり特別な存在ではありませんでした。人類の存在が地球にとり無視できないものにさせた最初のイノヴェーションは、300年前の蒸気機関に依存したイノヴェーションです。蒸気機関を用いた産業革命を契機として、地球大気中のCO2の濃度は上昇を始め、今日に至っています。しかも、その上昇は、人類に対し、エネルギー消費の質と量に関するパラダイムシフトを迫る因子になっています。

さて、20世紀に入ってからは、近年になるほどより短い期間で、数々のイノヴェーションが、出現してくるようになっています。コンピュータ関連に絞ってさえ、それを確認することができます。それは、ムーアの法則と呼ばれている集積回路の集積度の指数関数的増大化に象徴されています。その集積度の増大化を許す生産上のイノヴェーションが、逐次的に実現させられてきたわけです。その推移には今日的特徴が現れています。

そもそも、半導体による電流増幅効果が発見されたのは1947年です。1960年に半導体チップの生産が始まり、LSIチップ生産は1970年代に始まりました。さらに

１９８０年代には1つのマイクロチップでコンピュータ機能を実現できるだけの素子数を集積させたＬＳＩチップの生産が始まりました。今ではＬＳＩチップ１つ当たりで10億素子超えを達成し、コンピュータ演算の高速化に、素子の高集積化は寄与しています。もちろん、このような電子素子の集積化は、従来型コンピューティング・システムに関するものです。

工業的に確立された認識の域内に留まる神経細胞ネットワークの活動から自由になることは、大きなブレイクスルーのためには必要です。まさにそのようにして得られる自由さが、従来のコンピューティング方式とは根本的に異なる考え方に基づくコンピューティング方式の実用化を導いていました。これまでの電子素子の内部で生じている物理現象とはまったく異なる現象である量子重ね合わせ現象を利用する量子コンピュータの実用化を、海外の企業は達成させていたのです。２０１７年9月15日の日本経済新聞には、量子コンピュータ関連の記事として、製造業のデンソーがＤウエーブ・システムズ社の量子コンピュータを、新素材開発のＪＳＲ社がＩＢＭ社の量子コンピュータを、それぞれ本格利用しようとしていると1面に掲載されていました。

量子コンピューティング方式の実現に見られるように、直面している技術的課題に対し、既成概念にとらわれることなく技術的な解決方法を考え抜く意志こそが、ブレイクスルーを可能にします。既成の方式にのっとり競うコンペティッションに対応する目的設定と混同した目的設定は、ブレイクスルーを目指すテクノロジーの目標設定としては本質を見誤っています。既成概念にのっとった性能比較にとらわれた意識から自由になり、既成の方式に依存した認識を超えるために、どんな障壁があっても、どんな非効率に出くわしても、それを越えようとする意志が担保されているとき、ブレイクスルーが可能となるのです。その意志が、新しいテクノロジーを導くのです。既成の方式にとらわれない意識が量子コンピューティング方式へと向かうパラダイムシフトを可能にさせているのです。従来のコンピューティング・システムとはまったく異なる今日の量子コンピューティング・システムの利用拡大状況はそのことを気づかせています。なお、量子コンピューティング方式の理論は１９８０年代には既に物理学者たちによって議論されていました。

コンピュータ技術の領域だけでなく、今日、さまざまなテクノロジーに関わるパラダイムシフトがわたしたちに意識変更を強いてきています。２０１７年11月ドイツのボンで行われたＣＯＰ23では、地球温暖化防止に向け途上国の意識さえ前向きになってきていることがあからさまになっていました。しかも、21世紀型の先端テクノロジーによってＣＯ２

放出削減を目指そうとする意識が高まってきています。ＣＯ２放出を伴う熱機関がテクノロジーの中心にあった時代が確かにありました。その見地から見て、ＣＯＰ23の技術展示会場で人々を驚かせた技術がありました。熱機関に関わる効率を、効率限界まで高める技術です。それは、石炭の高効率燃焼化という方式で、達成されるものです。

人が脳神経組織を巧みに活動させ効率を最大にしようとしても、熱力学第二法則から自由になることはできません。そのため、蒸気機関車からガソリンエンジン車へのパラダイムシフトが生じたように、ガソリンエンジン自動車から電気自動車へのパラダイムシフトが既に生じています。しかも、それは人が認識するより短期間で完了されるはずです。電気自動車に必要な軽量、かつ強力なモーターは、フェライト磁石から強力なネオジウム磁石やサマリウム・コバルト磁石へ置き換えることにより製造でき、また、電気自動車に必要な軽量、かつ高性能な電池は、鉛蓄電池から高性能な燃料電池あるいは固体電解質を適用したリチウム蓄電池へ置き換えることにより製造できます。回転するモーターからリニアモーターへのパラダイムシフトも既に進んでいます。高速で走行するリニアモーターカーを浮かせるための強力な磁力は、セラミックス超伝導体の使用により得られています。電気を伝える導体さえ、金属からセラミックスにパラダイムシフトが既に起こっているのです。La-Ba-Cu-O系セラミックスが35Kの温度で超伝導体になることは、ミュラーとベドノルツとにより1986年に発見されました。それが契機となり、より高い温度で超伝導体になるセラミックス、すなわち、温度92Kで超伝導体になるセラミックス$YBa_2Cu_3O_7$、温度110Kで超伝導体になる$Bi_2Sr_2Ca_2Cu_3O_{10}$、温度134Kで超伝導体になる$HgBa_2Ca_2Cu_3O_8$などが次々と合成されてきたのです。

照明器具においても、蛍光灯からLED照明へのパラダイムシフトが進んでいます。赤色のLEDがホロニアックにより発明されたのが1962年です。黄緑色のLEDがジョージ・クラフォードによって発明されたのが1972年です。青色LEDの基盤となる高純度窒化ガリウム結晶形成が赤崎勇博士、天野浩博士らによって達成されたのが1986年で、窒化ガリウム基板を用い青色LEDが中村修二博士によってつくられたときが1993年です。結果として、明るい青色LEDができ、それを用い白色のLEDをつくることが可能となり、電力エネルギーを効率よく光エネルギーに変換できるLED照明が利用可能となったのです。スマホやテレビに使われるディスプレイに関しても、液晶ディスプレイから有機EL薄型ディスプレイにパラダイムシフトが進んでいます。有機化合物からなるLEDを透明フィルム上に、今日のテクノロジーはつくることを可能にしています。このようなことをわたしは早朝に届く日本経済新聞から発見してきました。

1つのイノヴェーションが陳腐化するまでの期間がどんどん短くなっていることを誰でも実感できるはずです。このような変化の中で、国連が言う「誰も置き去りにしない」というコンセプトを具体化する方法は、確かに、同じ状態の達成を単純に目指すことではないとただちに理解できます。70億人の人々各自にとり重要な個性的ハピネスがあることを尊重しながら、地球環境および文明の持続性の見地から許容されるその個性的ハピネスとは何かを考える覚悟が求められているというわけです。

一方で、70億人の人々にとり許されるべきグローバルに共通なハピネスがあります。命の重みの共通性を認識し合える状態は、グローバルに共通なハピネスの基礎を成すものです。その重要なハピネスの基礎の上に、地球環境の持続性と文明の持続性とを許す個性的なハピネスを具体化することが、脳の活動に自由を与え、達成されるべきです。イノヴェーションおよび、そのイノヴェーションがもたらす利得が各ハピネスとどのように公正に結びつけられるのか優れた脳機能の働きが試されています。

第六章　70億のハピネスのための意識とは

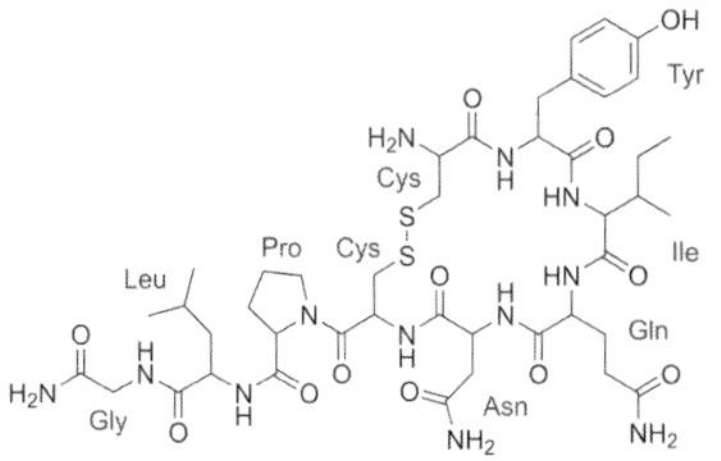

Oxytocin（Wikipediaより）

アミグダラが活性化したとき

聖徳太子により定められた十七条からなる最初の憲法の中で最も重要な精神は、「和をもって尊し」だと学んだことを今でも覚えています。知識人へのインタヴュー番組の中で、ジャック・アタリ氏が指摘していたことは、今日的世界でのその精神の重要さについてでした。アタリ氏によれば、アンコールに開花した文化の品格は、その精神に基礎がありました。ジャヤヴァルマン7世がつくらせた観音像ジャヤブッタマハーナータは「和をもって尊し」を象徴するものです。アタリ氏は、現代社会が抱えた困難を克服するカギは、その精神にあると指摘していたのです。聖徳太子が困難に向き合ったときと同様に、ハピネスの維持は不安や憤りを鎮める知恵に依存しているのです。左脳で生じた脳卒中の体験を著した脳神経解剖学者ジル・ボルティ・テイラー博士の著書には、右脳が司る精神活動の奥深くに平和への道があり、その活動を実感することに重要性があると指摘されています。

不安や怒りを原因するアミグダラの活動を沈静化させるためには何が必要か、争いを避けるためには何が必要か、それを考える能力を高め、実行することは重要なことです。活性化し続けるアミグダラは、ホモサピエンスの脳に不安を原因し、生物史上最も過激な攻撃性を長期にわたり維持することを可能にします。神経成長因子のおかげで複雑に枝分かれし相互に連結し合ったニューロンからなる大脳皮質は、脳の複雑な活動を実現させています。しかし、そのような脳を持つホモサピエンスの脳の活動は、その脳に自覚されている意識から自由ではないのです。活性化したアミグダラと記憶機能との協力関係から誘導される意識は、視床下部で合成されるオキシトーシンの効果を無効化し続け、さらにテストステロンの作用もオキシトーシンの効果を無効化するため、不安を膨らませた脳は、その脳の状態から自由になることを難しくします。しかも、不安を膨らませるほどにますますそれを難しくします。膨れ上がった怒りを抱えた脳から、脳を自由にすることはとても難しいことです。意識に依存する脳の活動に気づいた脳からさえ、脳が自由になり活動することは簡単なことではないのです。

幸い、美徳の放棄を勧める意識が高まっても、眩しい知恵は今も輝いています。宇宙とその進化の理解を可能にした一般相対性理論は、２０１５年で誕生して１００年目、１３０億光年彼方の銀河観測を可能にしたハッブル望遠鏡は打ち上げられて25年目でした。核兵器と戦争の廃絶を訴えるラッセル＝アインシュタイン宣言を受け創設された国際会議

「科学と世界の諸問題に関するパグウォッシュ会議」は、２０１５年で61回目、11月に長崎で開かれました。

以前は線形的な予測に基づいて知恵の使い方や社会の目標を具体化できたのだが、今日においては金融と経済に関わるグローバルな活動が生み出す非線形な効果のため、文明や社会の方向性を先見的に示すことが困難になっていると、賢者を嘆かせているようです。一方で、パグウォッシュ会議は、ハッキリと文明と社会の向かうべき方向性を示していました。「美徳を心に留め、その他を忘れよ」、そして「兵器販売や兵器使用が生むうまみに執着しようとする心から脳を自由にし、人類は生き延びるための方法とそのための倫理観を考案し、それを実践する必要がある」と、パグウォッシュ会議は訴えていたのです。

原子爆弾をつくることを、科学者の脳や技術者の脳に推し進めさせたときの意識、その意識から、どんなに難しいことであったとしても、自由になるだけの能力をホモサピエンスの脳は持っていることに気づくべきです。活性化したアミグダラの活動に対し、人類はどのように脳を活動させ、それを鎮静化させるべきか、英国の哲学者ラッセルのように哲学者は日々考え、知恵を発信する努力をしているのです。サイエンスは、本質は何かを示し、それを助けるべきです。

第二次世界大戦中、ナチスが先に原爆をつくることを恐れ、活性化したアミグダラに従い、科学者たちの脳に決意させたことは、彼ら自身の脳で原爆開発を推し進めることでした。すなわち、サイエンスは原爆をつくることを積極的に推奨し、つくることに積極的に参画し、それを達成させたのです。アミグダラの活性化を誘導した発端の1つは、1939年6月に、イギリスのバーミンガム大学の物理学者オットー・フリッシュとルドルフ・パイエルスが、ウラン235の爆発的核分裂連鎖反応に関わる臨界質量は、ウラン235数キログラムから10キログラム程度であるという事実を計算から導き出したことにあります。爆発的核分裂連鎖反応状態は比較的容易にできるという実態が暴き出されたわけです。

そのことを知り、ナチスへの危機感を一層募らせた物理学者レオ・シラードらは、核分裂連鎖反応を利用した核兵器開発へとアメリカ政府を導くため信書を作成しました。そして、1939年、アインシュタインの署名を添えてルーズベルト大統領に送っていました。マンハッタン計画は、1942年10月付で始まり、ニューメキシコ州ロスアラモスに研究所を置きました。オッペンハイマーがそこの所長となり、ニールス・ボーア、エンリコ・フェルミ、ジョン・フォン・ノイマン、オットー・フリッシュ、エミリオ・セグレ、ハンス・ベーテ、エドワード・テラー、スタニスワフ・ウラムなどの世界を代表する科学者や数学者に、リチャード・ファインマン、ボブ・ウィルソンなどの若手の研究者も加わって、核分裂連鎖に関わる臨界条件の評価、爆発的核分裂連鎖反応を達成させる条件の厳密な評価、爆発的核分裂連鎖反応が生み出すエネルギー量の評価などの計算が始まりました。

その計算にアーサー・コンプトン、レオ・シラード、アーネスト・ローレンス、ジョン・ホイーラー、グレン・シーボーグなども協力していました。その結果として設計されつくられた原爆に対する最初の爆発実験は、ニューメキシコ州ソコロの南東48キロメートルの地点にあるアラモゴード砂漠で1945年7月16日に行われました。爆発地点から20マイル（約32キロメートル）離れた地点から届いた閃光の眩しさに、思わずトラックの床に身を伏せたにも関わらず、残像が目に焼き付いていることを体験した若者がいました。その実験現場に立ち会った科学者たちの中で1人、黒塗りのサングラスを外していたファインマンです。

ファインマンによれば、計算結果を裏付ける実験の成功は義務感の達成を意味し、原爆開発研究施設ロスアラモスは沸き返ったそうです。ただし、そのときボブ・ウィルソンただ1人が脳を麻痺させずに、化学エネルギーの100万倍も大きい原子核エネルギーを爆弾として解放したことの事態の深刻さについて考え込み、ふさぎこんでいたとのことです。

現実に、原爆は、同年8月6日広島に、そして8月9日長崎に投下されました。その知らせを聞いたアインシュタインは原爆開発をルーズベルト大統領に勧めたことをとても悔いたそうです。それがラッセル＝アインシュタイン宣言という行動へとアインシュタインを駆り立てていたのです。

アミグダラの過剰な活性化を助長する雰囲気づくりは、科学者を巻き込み、容易にできますが、活性化したアミグダラの過剰な活動を沈めるための処方にはいつでも難しさが伴います。他のすべての生き物の脳の活動に比べて、ホモサピエンスの脳では活性化したアミグダラの活動にブレーキがかかりにくいのです。ホモサピエンスの脳の活動には、一気に破局的方向に突き進む高いポテンシャリティーが伴っています。それゆえ、２０１７年の七夕に採択された国際条約は、アミグダラの活動を穏やかにするための第一歩と解釈できるわけです。神経伝達物質の1つ、オキシトーシンが、脳の中心部に位置する視床下部で合成され、脳下垂体から分泌されることを助ける「核兵器廃絶国際キャンペーン（ｉＣＡＮ）」の働きかけは、すべての被爆者の思いを少し前進させ、アインシュタインの後悔を少し和らげることに寄与したように思えます。

被爆体験に基づいて、核兵器廃絶に妥協の余地はないと、カナダ、米国、イギリス、日本などで訴え続けてきた女性は、広島県出身カナダ在住のサーロー節子氏です。サーロー氏は、iCANの活動を支えていました。そのiCANが行った各国への働きかけは、核兵器の全廃と根絶を目的として起草された国際条約である核兵器禁止条約が、2017年の七夕の日に、122ヶ国の国と地域の賛成により国連の場で採択されることを助けました。

日本政府の立場は、その核兵器禁止条約に反対でした。その日本が短期間のうちに核兵器大国になる可能性を懸念する動きが米国を含む各国に今日広がりつつあります。日本には原爆6000発分に相当する47トンのプルトニウムが既にあります。さらに、青森県六ヶ所村の精製プラントが本格稼働すれば、毎年8トンのプルトニウムが精製されることになります。グローバルでピースフルな国際関係の構築に向けて、プルトニウムの扱い方に対し既に高まっている国際的な懸念を払拭することと核兵器廃絶に対する取り組みとは、今や切り離すことができない課題となっています。

一方、太陽光、風力、地熱などのクリーンエネルギーへの移行を積極的に進めることは、望ましいことです。それは、10万年という長期間にわたる安全管理下での貯蔵が必要でありながら貯蔵場所が未だに定まっていない放射性廃棄物の増加の抑制に寄与します。それは地球環境の維持にも寄与します。クリーンエネルギーへの移行を進めることにも、保有するプルトニウムの取り扱いを明確にすることにも、そして核兵器廃絶へ積極的に取り組むことにも、いずれに対しても真剣さが求められているわけです。その真剣さの程度に依存して、国際社会の不安は弱まりも強まりもすることになります。

その不安を原因しているのは、もちろんアミグダラの活動です。アミグダラの異常な活動を放置することによって形成される意識は、脳に極端な認識を、往々にして激しさを伴う敵意さえ原因します。そのような困難を避け、文明を持続させるために、視床下部からのオキシトーシンの分泌を助ける活動は重要です。

グローバル化のための人材育成は、そのような活動の一部として認識できます。その取り組みは、地球規模で公正でポジティブな効果を生み出す基礎となるグローバルな意識に向かって、脳神経組織内の神経細胞間のネットワークの状態を進化させようとする意志を表しています。その意志は、グローバルな倫理観を携えて、人類が公正に益する地球規模でポジティブなことは何かを考える能力を育むことになります。

グローバルなレベルの道徳心を携えて地球規模で公正でポジティブな効果を生み出す活動に携わろうとする意志を多くの人が持つことは、好感的な相互依存関係と許容性をポジティブに拡大させることになります。それは視床下部からのオキシトーシンの分泌をさらに助けることに結びついていきます。それは、グローバル化に乗り遅れないために最も重要なポイントの1つです。

グローバル化へ応じようとする意志には、多様な文化をグローバルに尊重できるグローバルなレベルの道徳心を携えて、地球規模で公正でポジティブな効果を生み出す生産活動、金融活動、商業活動等に携わろうとする意志が表れています。その意志こそが今日的な産業活動そして経済活動を支えています。グローバル化へ応じようとする意志には、地球という惑星の環境を維持する意志を持つこと、文明を守る意志を持つこと、そしてグローバルなレベルの倫理を掲げ、地球規模で公正でポジティブな効果をもたらす産業活動や金融活動を介してグローバル社会を支えること、それらすべてに関わる覚悟が表れています。その覚悟には、アミグダラの異常な活動を避ける脳機能のポテンシャリティーを高めることを重視する社会的意志が表れています。その覚悟は、文明の持続性をわたしたちに約束するものです。

アミグダラの活動を興奮状態にさせることは非常に簡単なことです。一方、その興奮を鎮めることはとても難しいことです。倫理観の哲学を脳の中に築き上げる試みを日々し続けている理由はそこにあります。アミグダラの異常な活動が導いた極端な意識に基づく認識が、激しさを伴う困難を原因した例をかつてにおいても今日においても、いくつもわたしたちは知っています。

アミグダラの異常な活動から自由になることの意味を、脳のどこかで自覚しておく努力は常に必要です。アミグダラの異常な活動から自由になる完全な方法はないとしても、サンバのリズムにも第九の響きにも音楽には、自由へ導いてくれるポテンシャリティーがあります。アミグダラの異常な活動から自由になれれば、実態に認識を近づけることに対し、ためらいのない心理的力をわたしたちは得ることができます。幸い、アミグダラの異常な活動を避けて多様な文化を楽しむことの意義にわたしたちは気づかされています。世界中のさまざまな地域で観光を楽しむことを通して、わたしたちは多様な文化を持つ文明が持続されている意義に気づいています。

文明を積極的に持続させることに、人類の意志はフォーカスされていると結論できます。アミグダラの異常な活動から自由を得た意識とともにシンパシーを携えて、誰も置き去りにしないというスローガンを掲げ、進化した脳を持つホモサピエンスにふさわしい公正な目的意識に従って、国連が言うように個性的な文化を楽しむことは可能です。それは、ハピネスの源になります。そのことに気づくことができるポテンシャリティーを人類の脳は持っています。

本質を探り知恵がいつも輝いていれば

血栓を溶かす薬エリキュースの効き目が現れ、だいぶ体調が戻ってきていたこともあり、わたしはテレビの前に座らされて食事をしていました。そのときです。国際条約「水銀に関する水俣条約」の発効が２０１７年8月16日に達成されたというニュースを聞きました。水俣病に関して、メチル水銀による汚染の事実とサイエンスが十分な役割を果たせなかったこととが重なり、今でも水俣病に苦しむ患者の方々がいることを知っています。

サイエンスが本質とは何かを示す役割を放棄してしまえば、経済を支えるテクノロジーにハピネスの源があるという認識を生み出す意識のために、事態の深刻化を食い止める可能性を、わたしたちは失うことになります。事実、メチル水銀により汚染した海産物を汚染しているとは知らずに摂取した何人もの方々を水俣病で苦しめることになりました。環境中にメチル水銀が流出する可能性も、それが環境中に存在する理由もないと、サイエンスがきっぱりと否定していた事実を認めないわけにいきません。

対象は異なりますが、アインシュタイン方程式の厳密解の1つに基づき描き出されたブラックホールに関する像は、サイエンスが受け入れを拒んだ例です。ブラックホール同士の合体という現象も、その現象に伴う重力波の発生も否定されることになります。実際は、2015年、そのような重力波の存在が重力波検出施設で突き止められました。

今日、水俣病の原因物質であるメチル水銀の生成を許した原因は、突き止められています。それは、化学原料物質であるアセトアルデヒドの生産工程の中で用いられる助触媒にありました。1951年まで用いられてきた助触媒を生産量増大のため変更していました。アセチレンからアセトアルデヒドを合成する反応に直接関与する硫酸水銀の触媒作用を維持するために、助触媒として使用していた二酸化マンガンを、硫化第二鉄に変更していたのです。そのことが、副産物としてのメチル水銀の発生を許したのです。

これはサイエンスの成果に違いありません。しかし、事態の本質を示せなかった当時のサイエンスには問題があります。一方、人々の欲求に応えていたテクノロジーの姿勢に不完全さはありません。生産性が向上できれば、提供できるハピネスも増加するという解釈に従い、想定外の非線形的効果、いわゆるメチル水銀の生成がたとえ伴っていたとしても、テクノロジーは生産性向上という目的を達成させていたのです。

とはいうものの、工業排水路の変更は被害を著しく拡大させました。水俣湾百間港から不知火海に面した水俣川河口へと1958年9月に、工業排水路は変更されたのです。1959年3月以降、水俣病患者は、水俣湾周辺に留まらず、水俣川河口付近、隣接する津奈木町、および鹿児島県出水市を含む不知火海沿岸全体に拡大してしまったのです。メチル水銀の使用がないことを科学的根拠として、水俣病と工業廃水との関係を否定したくても、排水路の変更は、工業廃水中にメチル水銀が含まれていなければならないことを暴露することになったわけです。

その実態があからさまになった年、水俣病の原因物質がメチル水銀であるとする分析結果が公表されました。それを公表したのは熊本大学医学部水俣病研究班です。一方で、水俣病の原因物質はメチル水銀ではなく別の物質であるとするサイエンスが、論文として1960年に発表されていました。メチル水銀以外に水俣病の原因物質はあるとするサイエンスは、依然として患者に過酷な運命を背負わせ続けたのです。水俣病の実態の究明は、病理解剖学的にも分析化学的にも進み、1964年には、その原因物質がメチル水銀であることを確定する論文が公表されました。

その4年後、最初の水俣病患者の公式確認からは13年後にあたる１９６８年に、当時の厚生省はやっと公式に水俣病の原因物質をメチル水銀と認めました。今日において、水俣病の最初の公式確認期日は、１９５６年5月1日とされています。その日は、１９５６年チッソ水俣工場付属病院小児科に入院した5歳11ヶ月の女の子の病状に対し、水俣保健所が「原因不明の奇病発生」として公表した日です。

最初の水俣病が公式に確認された日から、２０１６年5月で60年目の節目を迎えました。水俣病とメチル水銀との因果関係を否定し続けていたのは、確かにサイエンスです。もし、サイエンスがメチル水銀汚染を否定し続け、本質とは何かを示す役割をやめてしまえば、人はサイエンスに価値を認めるわけにはいかないはずです。幸い、サイエンスは１９６４年に水俣病の実態をメチル水銀に原因した疾病であると暴き出しました。しかし、そのサイエンスを厚生省が認めるまでさらに4年を要しました。水俣病被害者の救済、および水俣病問題の解決に関する特別措置法が成立したのは、さらに時間が過ぎ、２００９年7月になってです。人類にとって少しだけ幸いなことは、人々の意識が、水銀および水銀化合物による地球規模での汚染、およびそれによって引き起こされる健康被害と環境被害を防ぐため、国際的に水銀を管理することを目指す「水銀に関する水俣条約」を２０１３年10

月19日に採択させたことです。しかも、人々の意識は、その国際条約を２０１７年８月16日に発効させるに至らしめました。

アミグダラの活動を鎮めるために

わたしは童謡やジョン・レノンの曲をウォークマンで聴いてきました。ただし、ボブ・ディランは知りませんでした。２０１６年、そのボブ・ディランにノーベル文学賞が授与されるとニュースが伝えられたころ、わたしの体調は悪くなっていました。２０１６年10月末の日曜日、ついに昼食が食べられない状態になってしまいました。タクシーで緊急外来に連れて行ってもらったら、血液中の酸素濃度が低下しすぎで計測できないとナースの方から指摘され、急遽酸素吸入です。しばらくして救急医療のお医者様から血液中酸素濃度の上がりが悪く、今夜中に心停止になる可能性大だと指摘されました。

幸い、心停止にならず翌日を迎え、循環器のお医者様が診断結果を詳しく説明してくれました。エコノミークラス症候群が原因でできた血栓が、足から飛び、肺動脈に詰まった結果生じた慢性的肺高血圧症であることがわかりました。しかも、それによって心不全を起こしており、いつ心停止になっても不思議ではないという状況だったわけです。幸い、循環器内科のお医者様がよくしてくれ、深刻な状態を克服し、1ヶ月後退院できました。自宅に戻ると案の定、ボブ・ディランの曲を聞かされることになりました。

ノーベル文学賞受賞をもたらしたボブ・ディランの作品は、かつての吟遊詩人ホメロスの叙事詩のように耳に入ってきます。音楽を伴って鼓膜を震わせるボブのメッセージには、アミグダラの活動を鎮める効果があります。そもそも、芸術に関わる情報である音楽の響きも詩の抑揚も右脳に届き、右脳の活動を刺激します。

その右脳はシンパンシーに繋がる特別な活動を行っています。左脳で生じた脳卒中に由来する言語能力の喪失、計算能力の喪失などの重度の障害を抱えたとき、脳神経解剖学者ジル・ボルティ・テイラー博士はそれに気づきました。工夫したリハビリを母とともに8年間行い続けることで、失った能力全てを脳に再獲得させた後、脳神経解剖学者だからこそ気づけた貴重な気づきについてインタヴューの中で博士は言及していたのです。

自分を取り巻く環境全体と自分とが連続して一体であるという自覚は、右脳の活動から導かれているという気づき、その気づきこそがそれです。その一体感の自覚は、環境や人々へのシンパシーとなり、アミグダラの活動を鎮める効果を導きます。右脳に音楽の響きを届け右脳の活動を高めることは、国連が目指している目標と一致する方向性を持ちます。国連が新たに掲げた目標は、アミグダラの活動の沈静化を助け、環境の持続性を失うことなく世界の70億人の誰にも届く持続可能な発展を許すことだからです。

便利さや快適さや利得を追求することは生物進化がもたらしたホモサピエンスの権利であり、その追求にハピネスの基礎があると結論したい脳の働きに対し、熱力学第二法則と地球環境とは、その追求に限界があることを突きつけています。そのような限界を脳に認識するために必要な意識を、文明の持続性を守る見地から高めることは、国連が掲げた目標を実現に近づけます。ハピネスを支えるはずの文明を継続的に守る意志を持たなければ、そのハピネスを追求する意志のために地球環境の持続性が失われかねません。地球を守ることは文明を守ることであり、それはハピネスを守ることになります。脳を巧みに働かせて、キャンバスの上という制限された範囲に多様な表現の可能性をアートは試みてきました。今日、それはアートに限ったことではなくなってきているということです。

ところで、アートに関わる情報を運ぶインパルスは、神経細胞の軸索に沿って伝播し、基本的には右脳の活動を活性化します。アートにより活性化した右脳は、心理的なゆとりや喜びを脳に認識させる能力があります。事実、街の建造物壁面を色彩と絵で埋め尽くしたとき、人々は心理的なゆとりや喜びを取り戻していました。ジル・ボルティ・テイラー博士が指摘するように右脳の活動は、自分と環境との満ち足りた一体感の自覚を導いているのです。しかも、アートには、神経伝達物質の1つオキシトーシンが、脳の中心部に位置する視床下部で合成され、脳下垂体から分泌されることを助ける能力があることを認めないわけにはいきません。まさに、2人のオランダ人アーティストの活動はそれを実証していたのです。アミグダラの活動を穏やかにするためにアートが寄与するのです。

ハースとハーンという2人のオランダ人アーティストは、丘を埋め尽くすように住宅が密集して立ち並ぶブラジルのリオデジャネイロ市内のファベーラと呼ばれる貧しい住宅地区全域をキャンバスとしていました。そして、家屋の壁や丘陵地の土留め壁を、巨大アートのカンバスとして、色彩と絵で埋め尽くす光景を彼らは出現させたのです。それは、人々の脳が生きる喜び、楽しみ、そして満ち足りに気づくことを助けることになりました。

それは、人々の意識をポジティブに変化させたのです。社会の中の日常において人々に共有されるアートの価値を、ハースとハーンの2人の活動は暴き出していたのです。彼らのアートが導き出す心理的影響が持つ価値に気づいた米国フィラデルフィア市の市長は、フィラデルフィアの貧しくかつ暴力や窃盗が多発する地区をアーティスティックな色彩と絵で覆ってもらうことを決意し、それを実行していました。

アミグダラの活動を鎮め、心理的ゆとりである品格を取り戻すことに、右脳の活動は確かに寄与しているのです。右脳の活動は、脳神経解剖学者ジル・ボルティ・テイラー博士自身の体験が語るようにシンパシーの再生を助けることができ、社会的に重要な役割を果たしているのです。サイエンスが、見いだされた実態を客観的に示したとしても、脳神経組織の活動は、その実態を認識へと効率よく変換できるわけではありません。一方、視野内に侵入したアートは右脳を直接刺激し、活性化した右脳の活動はシンパシーの再生を導くような効果を効率よく誘導できるのです。

ハースとハーンによる活動、すなわち街の壁面を、巨大絵画を伴った色彩で塗り替える活動は、街に住む人々の意識をポジティブにし、たしかにハピネスをよみがえらせました。サイエンスにおける各種の今日的発見や検証に対しては、ホモサピエンスの知的誇らしさが漂っています。ただし、国連により掲げられている「環境へのシンパシーと70億の存在へのシンパシーを伴った持続可能な社会の実現」があってこそ、その誇らしさに意味が付加されます。シンパシーの自覚を許す右脳の活動の活性化は重要です。芸術はそれを助けることができます。芸術に期待される重要な目的の1つを、ハースとハーンによる活動は示してくれています。吟遊詩人ボブ・ディランの２０１６年のノーベル文学賞受賞を通してもわたしたちはそのことを確認することができます。

活性化しすぎたアミグダラがもたらす情動的衝動から自由になれること、それは脳神経組織の能力の１つとして必要なことです。また、ジル・ボルティ・テイラー博士の言葉を借りるとすれば、"Enlightenment is a process of unlearning"が重要です。すなわち、既存の神経細胞ネットワークの活動から自由になれること、それも脳神経組織の能力の１つとして必要なことです。

この自由と最初の自由とが、70億の人類が直面するあらゆる困難を、地球規模で思索し、すべてのしがらみを超えて克服していくことを可能にしてくれるのです。

その２つの自由が、持続可能な地球環境の中で持続可能な文明を楽しみ続けるためにすべてのしがらみを超えたフレキシブルな判断を可能にしてくれるのです。そのために、右脳へのアーティスティックでポジティブな働きかけは意味があります。視床下部からのオキシトーシンの分泌を助け、心理的ゆとりや喜びが生み出せれば、そこにテクノロジーでは達成できないハピネスがよみがえります。国連やスウェーデン・アカデミーだけでなく誰もが、その２つの自由が脳の活動のフレキシビリティーや智恵のブレイクスルーに寄与することを知っています。脳活動のフレキシビリティーが最大化され、世界の各人が智恵のブレイクスルーを積み重ね、楽天的未来を築いていきたいものです。

そもそも、グローバル化に対応したコミュニケーション能力を身につける理由は、視床下部からのオキシトーシンの分泌の助けを通して、70億の意識と向き合うことができる脳の活動を許す意識、それを獲得することです。グローバル化に対応したコミュニケーション能力を身につける理由は、70億のハピネスとは何かを考える能力を脳が獲得すること、それを許すことです。

人間が最も恐れていることは、巨大地震でも、巨大津波でも、巨大カルデラ噴火でも、スーパー台風でもありません。隣人が何を考えているのかわからないということを、最も優れた脳を持つと自惚れているホモサピエンスは、最も恐れているのです。幸い、グローバル化に対応したコミュニケーション能力を身につけることへの意志は、その不安を払拭することに貢献します。その意志は、文化の違い民族の違いを受け入れ、各文化を楽しむ意識を携えて、文明を持続させようとする意志をより強く固めることに寄与します。

オキシトーシンの分泌の助けを通してグローバルな意識を獲得したとき、国を持たない人々という表現が持つ意味が喪失します。地球市民としての市民権が認識できるからです。

そもそも、日本出身の地球市民が異国で活躍している実態にわたしたちは既に気づくことができます。

大正の世であった1913年の京都に生まれた大竹富江氏は、ブラジルが世界に誇る画家であり彫刻家です。作品に含まれる曲線には、京都のお寺の枯山水に見られるようなうねりを発見することができます。色彩は、抑圧的空気をポジティブに跳ね除けるサンバの躍動のように生きる理由と勇気を与えてくれています。

一緒にブラジルに来たはずの5番目の兄を、日中戦争への召集の結果、戦死により1937年に失っていました。原因の所在も、責任の所在も、自らの中に探し求める以外に探す所在がない極めて過酷な義務を背負った現実に向き合ったとき、生きる理由と勇気を与えてくれるものがあったはずです。アフリカ系の人々の感性と欧州の舞踊との融合の中から湧き出したサンバのリズムとダンスのエネルギーは、生きる理由と勇気を大竹氏に与えてもよいものです。

ポジティブに抑圧を跳ねのけ、意識の開放を許すサンバの躍動は、アミグダラの活動に原因した不安や怒りを煽るものとは正反対の勇気を与えてくれるものです。オキシトーシンから誘導される生きる勇気をもたらしてくれるものです。争う理由の正当化はアミグダラの活動を煽り、人から品格を失わせます。一方、右脳を刺激するアートは自立した品格を保つことに寄与しています。そのことを、大竹氏の作品は気づかせてくれています。

持ち合わせた意識のせいで、気づいていないことや気づけないことがたくさんあります。長崎生まれの英国の作家カズオ・イシグロ氏は、気づいていないことや気づけないことに対し、気づきの機会を提供すること、あるいは気づきを助けることが、芸術活動の目的の1つであると「文学白熱教室」の中で指摘していました。「文学白熱教室」は来日時に開かれたものです。なお、イシグロ氏は2017年にノーベル文学賞を受賞しています。

ある意識が原因し、特定の認識のみに制限された状況に脳がおちいることは、複数の認識が可能な「だまし絵」から示される通りです。いかなる専門家の脳においても、脳は、脳にもたらされるすべての情報に気づきながら認識に向かう情報処理の活動をしているわけではありません。アミグダラの活動が煽られる状況下に置かれたとき、意識のせいで実態を公正に認識できなくなっても不思議ではありません。そのようなとき、右脳を刺激するアートの効果は、見失った気づきの機会をもたらすことに寄与するはずです。

第七章　命の重みとサイエンスの役割

命の重みの認識とそれを許す意識に向けて

筋ジストロフィーという難病のため17歳という若さで亡くなった少年の亡くなるまでの手記が映画化されていました。映画の題名は『きみは風のように』です。その映画に出てくる子供たちは皆難病を抱えていました。しかも、それが原因して近い将来に命を落とすことになることを十歳に満たない身で自覚しているのです。そうであればこそなのか、そうであるからこそなのか、子供たちは実体にも実態にも直面できるたった一度の瞬間である今を大切に生きていました。

わたしもたった一度の瞬間である今を生きていることの重要さを、喜びを込めていくつも紙切れにメモしてきました。たった一度の瞬間である今の存在をぞんざいにし、且つ客観の姿勢と公正さとに基づき分析された過去を、ぞんざいにする意識は望ましいことではありません。かつてあったように、命も未来も尊重しないことにつながるからです。

難病克服のための遺伝子治療、ＩＰＳ細胞の移植、あるいは臓器の移植を待つ命がある一方で、命を尊重しない行為があります。テロ行為だけではありません。国境なき医師団の治療現場や病院へ向けての爆撃なども報道されています。ニュースレポーターのインタヴューに対し、いつもの道は狙撃者が目を光らせ、逃げようとする者がいれば容赦なく弾丸が飛んでくる通りになってしまったと２０１６年モスル旧市街に残された人々が答えていました。人の命の重みは、地域の違い、身体状況の違い、年齢の違いでいかに異なるかを思い知らされます。

命の重みは、年齢とともに軽くなり、戦場で軽くなり、何かの人為的理由づけを根拠として社会集団が宿したさげすみで軽くなります。また、医療費財源の削減によっても命の重みは軽くなります。たとえ医療の目的が健康に戻る手助けにあるとしても、分析の緻密さと論理性、洞察の深さ、そして処方の柔軟性、それらの受け止め方いかんによっては、命の重みは軽くも重くもなります。

そもそも、病気になった人々が健康に戻れるように手助けしようにも、薬も医療器材もほとんどない地域があります。そのようなアフガニスタンで、医師の中村哲氏は、病気にかからないようにすることも医療の目的であると意識の持ち方を変更していました。中村医師は、医療行為の一貫として聴診器をスコップに持ち替え、水を得るために井戸を掘っていました。さらに、中村医師は、聴診器をブルドーザーの操縦レバーに持ち替え、７０

00メートル級の山々に抱えられた氷河を水源とするクナール川からガンベリ砂漠に水を引き込むための用水路をつくる作業に携っていました。中村医師は、その作業を、米軍のヘリが空爆のために飛び交う空の下で、スコップとツルハシを持った現地の人々とともに続けていたのです。用水路は「マルワリード水路」と名付けられ、2015年には総延長を27キロメートルに到達させていました。

春には緑の穂をつけた小麦が、秋には黄金色の稲穂が、かつて砂漠だった大地を覆う光景を今日見ることができるようになっています。ブルドーザーの操縦という中村医師の医療行為は、10万人を超える人々が精神的にも肉体的にも健康を取り戻すことを助けていました。乾ききった貧しい大地で生活する人々の命の重さが、そこで育つ子供たちの将来の重さが、今日的テクノロジーとその利得を享受している人々の命の重みと比較してさえ、同等性を失うことはないということを中村医師の医療行為は示しています。

一方、命の重みの違いを受け入れてしまう意識は、命の重みを積極的に区別しようとする意志に発展してしまう恐れがあります。また、その意識が、文明に対する認識や地球環境に対する認識にネガティブな影響を及ぼすことが危惧されます。わたしの命の重みはといえば、とても軽く、息子がケアの手を抜けば簡単に吹き飛んでしまうものです。それでも、戦場の兵士の命の重さより重く扱われているのかもしれません。

ところで、どんな動物も、受精卵の細胞分裂から始まります。そして、繰り返される細胞分裂は、命を育む身体の形成に向かって、細胞集合体としての組織化を誘導していきます。細胞分裂開始後、細胞の数が一定数を超えると、最初の伝達物質が細胞から放出され、心臓の形成が開始されます。心臓の形成に伴って放出される伝達物質は肝臓の形成を開始させます。戦場ではそのように形成された臓器に向かって弾丸を打ち込むことをしています。難病治療に努力する意志と戦場で命の放棄を要求する意志との両極端が共存することに対し、ホモサピエンスの脳は違和感を持たずに受け入れてしまう現実があります。それゆえ、10万年後の子孫のためハピネスの種子を守る意識が脳に育まれるよう努力し続ける必要があります。そのために、ホモサピエンスの脳は、右脳の活動とともに視床下部の助けを借り、アミグダラの異常な活動を鎮静化する必要があるのです。

その上で、命の重みの実態を、先入観念に抑圧されずに受け入れる必要があります。命の重みを区別しようとする意志に対しては本質を示し、先入観念を払拭する役割をサイエンスは負う必要があります。例えば、健康体質での発病は無視できるハンセン氏病の実態を示す役割は、サイエンスが負うことなのです。

ところで、社会が人間を社会的目的に合致した形に変化させる目的で生殖を管理するという考え方があります。それが優生学的思想です。それは、家畜や農作物で行ってきた品種改良と似た手法を人間に適用しようとする考え方です。「知的に優秀な人間を創造する」とか、「特別と見なした人的遺伝子資源を保護する」とか、「ハンディーキャップを抱えた人間への負担を軽減する」とかなどを理由として掲げ、優生学的思想は積極的に命の重みづけいわゆる区別を社会として推し進めようとするものです。

その思想に基づく法律が優生保護法です。優生保護法は、法律名を含めて1996年にやっと改正が達成されました。もちろん、遺伝的不幸を避ける希望があれば、その不幸の重さを社会として受け止められる道を、テクノロジーを介して開くべきであり、同時にそのような不具合を引き受ける意志があれば、それは社会として尊重されるべきです。日常的に培われる認識から育まれる意識のために、脳には認識できない限界があります。そのような実態は、ハンディーキャップを引き受けてくれた意志から気づかされることになるはずです。その気づきは、人権のためにそしてハピネスのために、社会的に配慮すべき隠れた因子の認識を脳にもたらすことを助けることになります。

1996年以前まで優生保護法と呼ばれていた法律の目的は、「優生学上の見地から不良な子孫の出生を防止するとともに、母性の生命健康を保護すること」ということでした。法律が言及する優生手術とは、生殖腺を除去することなしに、生殖を不能にする手術とあります。法律は、本人または配偶者が、遺伝性精神変質症、遺伝性病的性格、遺伝性身体疾患または遺伝性奇形を有しているケースとか、本人または配偶者が、らい疾患を発病したケースとかに対し、医師は、本人の同意並びに配偶者があるとき、その同意を得て、任意に、優生手術を行うことができるとしていました。しかも、未成年者、精神病者または精神薄弱者については、本人同意なしにそれができることになっていました。このような優生学的思想に強く影響された優生保護法は改正され、名称も母体保護法と改名されました。命の重みの平等性の基本が21世紀に入る直前の１９９６年にやっと確立され考慮されるようになったわけです。

社会も各自も、基本的部分の平等性を各自に対し担保することを許す意識を、持っていることが重要です。そのことを前提として、各自のアイデンティティに依存した特徴あるハピネスは、許容される価値が付加されます。当然、そのハピネスを支える基本的部分の平等性には、命の重みの平等性が含まれているべきです。国連が毎年発表しているハピネスの世界ランキングで、日本のランキングの位置は、いつも50位と60位との間のどこかです。新製品や新技術に関するイノヴェーションに依存した快適さ、便利さ、および利得の大きさへの関心に意識は集中しますが、ハピネスの質を高めることへの関心には社会の意識が向かないという現実が、その結果には現れています。そのような意識の実態が、福島での原発事故がきっかけとなり、露呈していました。

福島原発周辺の精神科病院から避難した人たちの90パーセント以上が、病院で療養する必要のない普通の人でした。それは、別の病院の医師による診察から明らかになったことです。それらの人々は、長い人で50年間以上、短くても25年間、患者として福島原発周辺の精神科病院内に拘束されていました。しかも、優生保護法に基づく手術を強制的に受けさせられてもいました。

精神疾患を理由に掲げ、病院に強制収容している事態に対し、政府は、国連から人権侵害にあたる措置であるとする非難勧告を１９８７年時点で既に受けていました。当時、非難勧告を受け入れられるだけの意識が、政府だけでなく地域社会の中にも育まれていませんでした。結局、非難勧告は、実態を露呈させただけに留まりました。しかも、実態は21世紀の今も変わっていませんでした。そのことが福島原発事故からの避難を通して発覚したわけです。

命の重みの平等性を犠牲にしてでも得ようとするハピネスには、利己的なハピネスへ執着した意識が現れています。それは、本質を見失った意識です。もし、石牟礼道子氏の「苦海浄土」が、命の重みに関する不平等な実態を伝えてくれていなければ、テクノロジーと経済とにハピネス実現のすべてを託そうとする意識は、脳にその不平等な実態を認識させることはないはずです。テクノロジーと経済とにすべてを期待する意識が脳に認識させるハピネス、そのハピネスを得ようとして生み出した負の副産物によって、人並みのハピネスを完全に失った人々がいるのです。いつもの食材である魚や貝を食していただけなのに、それらがメチル水銀に汚染されていたことから中枢神経に損傷を受け、手足の制御を自分の意志でできなくなっただけでなく、全身に痛みも伴う状態に置かれている人々がいるのです。その人々は、人並みのハピネスを失っても、なお人間として生き抜く尊厳を持って希望を失わずに不自由で痛みを伴う身体を引き受けてくれています。

そのような犠牲によって支えられたハピネスが本質的であるわけがありません。犠牲によって支えられる状態を正当化しようとする意識はさらなる犠牲を要求することに向かわせます。犠牲を誉れとして讃美する意識が導くハピネスに向けての道には、犠牲を伴う必然性があります。犠牲を誉れとして讃美する意識から脳を自由にする必要があります。

70億のハピネスの基礎としての命の重みの平等性

今日的文明の1つの目的は、70億のハピネスの基本部分の平等性を担保することです。その平等性を70億の各人が尊重しているからこそ、各自のアイデンティティに依存した個性的なハピネスに、生きることとの意味を託せるのです。金属工業、化学工業などでの工業生産活動と製品の輸送とに原因した廃棄物、あるいは副産物に基づき発生する公害の実態は、その公害にさいなまれた人々の失われたハピネスの上に、その製品を利用する人々のハピネスが構築されている事実を、明らかにしてきました。効果的イノヴェーションと生産性の向上こそ、製品を利用する人々のハピネスを支えるという認識に向かわせる一見ポジティブな意識が、命の重みの平等性を忘れさせ、公害の実態に対する認識を脳に否定させてきたことは事実です。

快適さ、便利さ、および利得、それぞれの獲得のためをスローガンとして社会的な必然と思い込んでいる活動を考え直すとき、その難しさに直面せざるを得ません。いつもの意識から自由になることは難しいことです。だからこそ、いつもの意識から自律した意識でいられることを勧める道元の哲学はいつも輝くに違いないのです。健康と環境に対する地球規模での被害を防止するための国際条約「水銀に関する水俣条約」を２０１３年10月に採択、２０１７年8月に発効させた人々の意識には、確かに、その輝きが現れています。

覚悟を持って人道主義の自覚を受け入れていることに誇りを感じること、それがグローバル化を受け入れる意志なのだとメルケル氏は指摘していました。それは、覚悟を持って命の重みの平等性を受け入れることに誇りを持つことを意味します。それは、国を持たない民と表現したがる意識の呪縛から「自由」であることを意味し、地球市民として生きる権利が誰にでもあるのだと認め合える意識を育んでいる脳に誇りを持つことを意味します。その意識が成長すれば難民であるとか、あるいは移民であるとかという認識から「自由」になれます。グローバル化に対応したコミュニケーション能力を携えた脳機能を育成しようとする理念は、命の重みの平等性を受け入れることに誇りを持ち、70億のあらゆる人々の意識を認識しようとする高邁な意志を表すものです。グローバル化に応じようとする意志は、障害の有無に関わらず、また民族の違いも同等に内包してすべてのしがらみから「自由」になる精神の高邁さを掲げたジュゾランピックの理念を尊重する意志とリンクしています。

たとえ効率化が要求されたとしても命の重みの平等性が担保されていればこそ、ハピネスはより誇らしい状態になります。しかも、ハピネスは今のためだけの状態に限定されることではありません。それは、文明を持続させる積極的な意志を通して、遠い将来を生きる子孫ともシェアされることなのです。ハピネスを増大させるという囁きのために、生命活動の実態、地球環境の実態、そして人間活動の実態を無視したハピネスへの関心や環境への犠牲を強いるハピネスへの関心を脳が増大させようとしたとき、命の重みの平等性を守るため、文明の持続性を保持するため、サイエンスは現実を示す役割を負っています。

ぶっ壊れ脳を抱えたわたしを受け入れてくれる社会にわたしは感謝しています。一方で経済を最優先する意志こそハピネスを支えるという高邁な精神に従い、生産効率を高めることにのみにハピネスの原点を求める意識があります。生産効率を高める目的で不完全な検査を経てつくり出される不完全かもしれない物品でもよしとして許容する意識がありま す。その意識が意味することは、生産に携わる人の手を完全に不要とする究極の高生産効率が達成されたとき、人々は究極のハピネスを獲得するという考え方です。生産効率を高めることにハピネスの原点を置く意識とわたしを受け入れてくれている社会が持つ意識との間には違いがあります。わたしを受け入れてくれている社会が持つ意識は、効率化を犠牲にしても実現すべきハピネスが尊重されています。それは究極の効率性に支えられたハピネスとは異なります。それは障害を抱えた人々が隔離されることなく同じ命の重みを持って共存できる社会に備わるハピネスです。究極の経済効率を求める現代的社会的意志のために息苦しくなったとき、究極のハピネスとは異なるハピネスが認識できる状態は、脳に安らぎと今を生きる喜びをもたらすことになるはずです。

テクノロジーの目的に対し負うサイエンスの責任とは

ホモサピエンスの活動にとり、地球という惑星は無限に大きな世界ではなくなっています。この惑星が持つ限られた大きさは、自由な文明の目的に制限を課します。文明の目的は、倫理の形と意識の持ち方とを具体化させ、倫理の形と意識の持ち方とは文明の目的の具体化に制限を加えていきます。文明の目的は、70億のハピネスと結びつけられるべきものです。しかも、それは地球環境の持続性、および文明の持続性と調和すべきです。そのため、地球環境の実態に気づき続ける必要があります。わたしたちの意識が許している活動に原因があるネガティブな影響に気づき続けることも必要です。従って、そのようなネガティブな影響を抽出して示す役割を何かが負わなければならないことに気づくべきです。

水俣病に関し、サイエンスは無機水銀が有機水銀に変化することはあり得ず、無機水銀汚染が中枢神経に障害をもたらすことはないと指摘し続けていました。類似した現象が2件以上発生している事実を前にして、どのような本質が隠れているのか分析し究明することはサイエンスの役割です。それは哲学の役割でもテクノロジーの役割でもありません。それをサイエンスが果たさないのであれば、サイエンスに人々は価値を付与できなくなります。

テクノロジーを発達させることに寄与することが役割だと思い込んだサイエンスの姿勢に対し、サイエンスは本質的役割を果たしていないと認識したポストモダニズムに属する哲学者たちが長年にわたり批判を続けてきました。また、命の重みが塵より軽かった戦時中、悲劇拡大にサイエンスが加担していたことは事実です。サイエンスは人類を破滅に導く恐れを確かに内包しています。そのことを科学者は認識しており、各分野を代表する科学者からなる日本学術会議は、軍事に関わる研究への関与を拒絶するという意志を2017年3月24日の議決として再び確認しています。

一方で、福島県内で最近見つかり始めている若者や子供たちの甲状腺がんの発生は、サイエンスに帰属されるべき責任があります。オゾンホール拡大、地球温暖化、ＰＣＢ汚染、ダイオキシン汚染、水銀汚染、核の脅威、どの不具合もサイエンスによる緻密な分析と分析結果に基づいた注意深い指摘が70億人に向かって先行していれば防げることです。それらの不具合の出現には、この惑星の環境を維持して文明を長続きさせようとするグローバルな意識を、積極的に助けようとしてこなかったサイエンスの姿勢が現れています。

質の高いハピネスとは欲求を満たすことであるという意識に支えられた生産活動において、テクノロジーが持つ目的は、要望を形にすることです。基本において、本質とは何かを示す責任をテクノロジーは持ちません。認識は意識に依存し変化します。それゆえ、本質とは何かを示すことに関して、サイエンスの責任はいつも問われます。幸か不幸か、先進21ヶ国中、サイエンスを嫌悪する子供たちを育成することに最も成功した国が日本です。サイエンスが本質とは何かを示す役割を十全に果たしていないと見抜いたポストモダニズムに属する哲学者たちの努力が、効果を発揮し始めてきていると見ることができます。

わたしたちホモサピエンスはたった15万年前にアフリカ大陸で誕生しました。アフリカ大陸を出なかったホモサピエンスはネアンデルタール人から受け継いだ遺伝子を持ちません。一方、アフリカ大陸を出たホモサピエンスの末裔であるわたしたちは、ネアンデルタール人から受け継いだ遺伝子を2パーセント前後の割合で保持しています。女性が好む色白の肌は、ネアンデルタール人から受け継いだ遺伝子の活動が原因して生じている1つの例です。このようなことは、ドイツのマックス・プランク研究所のスヴァンテ・ペーボ博士が率いる研究グループによって近年明らかにされたことです。

今日、コンピュータの演算速度の著しい向上とDNAの分析技術の向上とからヒト遺伝子の解読が短期間で達成できます。このことは、低温環境下にあったネアンデルタール人の骨が出土すれば、ネアンデルタール人の遺伝子の解読が短期間でできることを意味しています。このことが、ホモサピエンスの遺伝子とネアンデルタール人の遺伝子との比較を可能にしたのです。もちろん、それによって日本人とロシア人との間の、日本人と韓国人との間の、日本人と中国人との間の、日本人と東南アジアの人との間の遺伝子の類似性が何パーセントかも知ることができます。それは、日本人もロシア人も韓国人も中国人も東南アジアの人もネアンデルタール人の遺伝子を持っているだけでなく、日本人の遺伝子は見事にさまざまな遺伝子の混合から形づくられているという実態を暴き出しています。サイエンスの重要な役割は、そのような実態を示すことです。

クリスパー・キャスナインによるゲノム編集は、操作の簡単さから大きなポテンシャリティーを持っています。それによるゲノム編集の操作は、魚、家畜、穀物、野菜、すべてに適用できます。強く発達した筋肉を持つようにゲノム編集された犬が牧場を既に走り回っているようです。また、ゲノム編集され、4時間、5キロメートルを全力で走りきることができるネズミがつくり出されている事実もあります

ヒトゲノムでの編集実験も既に行われています。これは、ゲノム編集されたアスリートがフィールドを走り抜ける日が間近であることを意味するのかもしれません。ホーキング博士は筋萎縮性側索硬化症ALSに蝕まれていました。ALSも、それに類似した遺伝性の難病である筋ジストロフィーも、ゲノム編集で治療できる可能性があります。これはとても望ましいことです。一方、それは誰もが強い筋力を持つ身体を所持できる可能性を意味しています。人類が自らをデザインし始めている実態は、ホモサピエンスの遺伝子の中に人為的に操作された遺伝子が蓄積されていくプロセスを人々に気づかせているわけです。

しかも、自分自身をデザインできるゲノム編集能力を身につけた事実を、どのように認識すべきか、わたしたちは突きつけられていることを意味します。ホモサピエンス自身とその子孫をどうしたいのかということです。具体的に感じとる努力なしのまま、そして、子孫が迎える未来の状態に無自覚のままであれば、欲求の実現を目指すだけのテクノロ

ジーからの誘惑のみに誘われて未来に向かっていくことになります。その結果として迎える未来が、テクノロジーの誘惑通りなのか、または、現在の認識と未来に迎える実態との間に受け入れがたい食い違いが生じることになるのかについては、今を生きるわたしたちひとりひとりが感じとる努力をしなければなりません。それを感じとる努力をサイエンスは助けなければなりません。食い違いが生じる可能性があるならば、それを避ける努力が必要です。そのことを指摘する役割をサイエンスは担わなければなりません。

テクノロジーからの誘惑にさらされている脳が育む意識に依存して、認識はつくらされてしまいます。遺伝子の観点から自らをデザインし直すゲノム編集テクノロジーも含め、テクノロジーが持つ目的の本質をハピネスの意味とともに理解し直すことが必要です。それでも、脳が、欲求の実現こそがハピネスを形成することになるのだと判断し、それを助けるテクノロジーの実現と利用こそ最善の選択なのだとするのであれば、テクノロジーにすべてを託し、その産物を受け入れればよいのです。少なくともサイエンスはどのような可能性があるのか示し続けなければ、サイエンスは義務を果たしていることにはなりません。意識に依存して脳が都合良くつくり出している認識に対し、サイエンスの目的は、本質とは何かを示し続けることです。

第八章　智のブレイクスルー　重力・原子・量子力学

重力波の検出と一般相対性理論を体験するということ

わたしは、手足の麻痺を克服しましたが、壊れた脳のせいで身体のバランス感覚が失われ、しかも、知的活動とは無縁の間抜けです。しかし、筋萎縮性側索硬化症ALSに蝕まれ、身体の自由を失っていたホーキング博士の脳は、数学的に導かれる重力の性質の特殊性を、ブラックホールと宇宙論の研究を通してわたしたちに気づかせてくれました。

今日とは異なり、ブラックホールの実在性を多くの研究者が疑っていた時期がかつては続いていました。そのようなころにホーキング博士は研究をスタートさせていたのです。今日では、ブラックホールは実体として観測対象となっています。事実、2つのブラックホールの合体過程で生じた重力波が宇宙空間に広がり10億光年以上の距離を伝播し、2015年9月14日午前5時51分にルイジアナ州リヴィングストンとワシントン州ハンフォードとにある重力波検出施設LIGOでそれぞれ、それが検出されました。その事実は、2016年に入って間もなく「重力波検出」として報じられましたScience Vol.352, pp.1374-1375（2016）。

重力が万有引力であることは誰でも知っている事実です。誰にとっても身近で、しかも常に体験している力です。それにもかかわらず、重力を引力として認識することを難しくしていた理由に気づかされます。引力としての認識を許す意識に向かって、意識を変更していくことに難しさがあったのです。

今日においても、重力は認識しにくい力のようです。重力は万有引力として宇宙空間を超えてすべての天体同士の間に働くと、教科書を通してどんなに明瞭に認識している脳であっても、宇宙ステーション内の映像を見て宇宙空間は無重力であるという認識をその脳が持ってしまう現実があります。しかも、意識は、その2つの認識の間にある矛盾を、脳自体に、批判させることを強いることがありません。

本質においてさえ、重力作用には未知の実態が隠されたままであるところがあります。その未知の実態の認識に向けて努力は続いています。重力波の伝搬をエネルギー量子の伝搬として数学的に取り扱うことは、ホーキング博士が指摘している未完成のテーマの1つです。銀河形成を助けている重力源であり、ニュートリノに比べはるかに大きな質量を持つ中性の粒子と予測されているものがあります。ダークマターと名付けられたその実体が何なのかを示すことも未完成のテーマです。さらに、ダークマターが、ビッグバン直後の宇宙の膨張過程で重力源として寄与したのか、しなかったのかも気になるテーマです。

さて、身近なはずの重力、それに意識が向かわなければ認識されることはありません。それが、太陽と地球との間にも、月と地球との間にも、太陽と月との間にも働いていることを脳に認識されるまでの過程には、長い時間をかけた先人たちの努力がありました。

コペルニクスは教会の一室から天体の動きを綿密に観測し続け、プトレマイオスの天動説に基づく予測と観測結果との間に小さなずれを突き止めました。それを知って目覚めたガリレオの意識は、木星の周りを運動する4つの衛星を望遠鏡で観測していたガリレオの脳に、地球のほうが太陽の周りを運動するという見方の正しさを確信させました。さらに、ガリレオは物体の運動と力の作用との間の数字的関係に気づいていました。一方、ケプラーは、チコブラーエの精密な観測データを数学的に分析し、惑星は楕円軌道を運動し、惑星の動く速さは太陽と惑星の距離に依存していることを突き止めていました。ケプラーのその発見を、物体の運動と力の作用の見地から数学的に記述した結果、ニュートンは天体間に作用している重力の実態を突き止めたのです。宇宙ステーションと太陽との間にも、宇宙ステーションと地球との間にも、重力は作用しています。宇宙ステーション内部の映像が、宇宙空間は無重力だと脳に誤認させたとしても、ニュートンが気づいたように重力場の実態は宇宙空間に存在しているのです。

なお、現代テクノロジーの産物であるパソコンの動作からも、スマホの動作からも、あらゆる電子素子の動作からも、重力の影響を脳に認識させる現象は見いだせません。あらゆる電子機器の動作に、重力の作用が影響することはないと近似的に結論していいのです。ただし、高性能な原子時計はその例外です。

重力には引力としての実態以外にもう1つの実態が伴っています。そのことには、20世紀に入ってから気づかされました。アインシュタインの脳は、重力に逆らうことなく重力の作用のままに運動する物体の内部が無重力に見える事実に着目しました。宇宙ステーションが存在しない時代に、既に宇宙ステーション内部の映像をアインシュタインは脳の中に描くことができていたのです。「2物体間に働く引力」という認識にしがみついていた意識を離れ、重力に逆らうことなく重力の作用のままに運動する物体の内部に生じる現象に意識が向かった結果、時間を遅らせる重力の性質を認識するに至ったのです。

一般相対性理論は、重力の強いところで時間がよりゆっくり進む事実を気づかせてくれているのです。一方、地球を周回する軌道上を秒速4キロメートル程度の速さで運動する人口衛星内部に設置された原子時計はその運動のため、地表に置かれた原子時計に比べ、特殊相対性理論に基づく効果により遅れが生じます。特殊相対性理論に基づくその効果とともに、時間を遅らせる重力の実態を正しく認識できなければ、今日のＧＰＳ機能を実現させることはできません。普段の生活の中でアインシュタインの一般相対性理論を認識させるような出来事は見当たらないと思えても、一般相対性理論により説明が可能となるブラックホールの存在や宇宙膨張現象をどんなに拒絶したくても、道先案内をしてくれるＧＰＳ機能は、時間を遅らせる重力の実態を、そして重力の実態を数学的に表す一般相対性理論を、わたしたちに認識させていたのです。

宇宙ステーション内部の映像を見て、宇宙空間には重力がないと脳がどんなに認識したくても、宇宙空間には重力場が存在し、地球と月とを引力で結びつけ、太陽と地球とを引力で結びつけ、天の川銀河の中心と太陽系とを引力で結びつけているのです。地球から２５０万光年の距離に位置するアンドロメダ銀河は１秒間に１１０キロメートルの速さで天の川銀河に接近しつつあり、約40億年後、重力の作用によって天の川銀河と合体することがわかっています。また、重力の作用のおかげで月が地球から遠ざかってしまわず、十五夜には太古の時代と同様に今も月見ができるのです。宇宙空間が重力場で満たされている事実を、月見をするたびに、確認していることになるのです。

物体間に作用している万有引力の実態をどんなに明瞭に記憶していても、重力の本質に気づくことができる意識、その状態に脳が目覚めることは難しいことに気づけます。宇宙ステーション内部の映像を見て、その記憶を持つ脳が宇宙空間は無重力であると認識してしまう事態がそのことを立証しています。映像は、宇宙ステーションという運動体とその運動体とともに運動している物体との相対的位置関係を見せるものです。そのような意味の映像が活性化させた意識は、本質を無視させ脳が認識したいように脳に認識させてしまいます。それを許す神経細胞のネットワークの活動から脳を自由にすることに対し、サイエンスは貢献しなければなりません。そうでなければ、サイエンスの価値は失われます。

２０１５年に、銀河系のはるか外から重力作用が波として宇宙空間を伝播し、地球を含む太陽系を突き抜けていきました。その事実は、ルイジアナ州リヴィングストンに建設された重力波検出施設ＬＩＧＯとワシントン州ハンフォードに建設されたＬＩＧＯとで、同時に2度も検出されました。最初の重力波は9月14日に検出されていました。その重力波は、わたしたちの銀河から13億光年も離れたところに位置した太陽の質量の約36倍と29倍の2つのブラックホールの合体に伴い発生したもので、太陽質量の3倍のエネルギーが重力波として放出され、太陽質量の62倍のブラックホールが残ったことがわかっています。

次の重力波は、２０１５年12月26日午前3時38分に検出されていました。その重力波は14億光年離れたところに位置した太陽質量の約14倍と7・5倍の２つのブラックホールの合体に伴い発生したもので、太陽質量の０・５倍のエネルギーが重力波として放出され、太陽質量の21倍のブラックホールが残ったことがわかっています。太陽質量の０・５倍のエネルギーとはいえ、２つのブラックホールが互いの周りをたった55回まわるだけで、太陽が１００億年かけて放出するエネルギー量と同じ量のエネルギーを重力波として宇宙空間に放出していたのです。

ただし、重力波を検出できるまでになった今でさえ、ＧＰＳの機能を除くすべての電子機器において、重力の作用を理解しなくても、一般相対性理論を理解しなくても、わたしたちが日々利用している電子機器に関わるテクノロジーのすべてを手にすることができます。それゆえ、人類を地球上にへばりつかせている重力など存在しないほうがいいと思うかもしれません。より積極的に、重力のない状態に憧れを持つ人さえいると思います。人類の身体にだけ重力が働かないとすれば、人類は地表をひと蹴りするだけで空に舞い上がり、そのまま地球を離れ続け宇宙空間を漂い続けることができることになります。そんな状態をハピネスの達成と認識する人はいないはずです。そもそも、どれだけ理解しがたくても、骨粗鬆症に抗うことを助けているのは重力なのです。

重力の作用は、幸い、避けがたく、努力なしに体験できます。それにも関わらず、その実態の認識は、ニュートンの脳とアインシュタインの脳のみを介してもたらされたことに気づかされます。宇宙空間は無重力であると理解してしまう脳が抱える意識から、本質とは何かを問える意識へのパラダイムシフトは、地球環境の持続性と文明の持続性を守るために達成されるべきです。サイエンスの1つの義務は、それに貢献することです。

原子に関する認識とそれが導く分子構造と生命現象の理解

2017年8月、血栓を溶かす薬エリキュースを飲み始めて4ヶ月目になります。とても暑かったけれど体調はとても良くなり、高校野球もプロ野球もテレビ観戦していました。ちょうどそのころです。金、銀、プラチナ、パラジウムなどの元素が、なぜ地球に存在するのかという問いに対し1つの回答を与えてくれる現象、そんな現象が送り出したシグナルが太陽系を突き抜けて行きました。しかも、それは重力波として、重力波検出施設ＬＩＧＯによって検出されました。Science Vol.358, pp.1556-1558（2017）

今では小学生ですら分子の存在、原子の存在を知識として知っています。しかも、古代ギリシャにおいてデモクリトスが原子の存在を既に指摘していたということまで知っている小学生さえいます。もちろん、原子を知識として知っているということと原子を実体として認識していることとはまったく異なります。どんなに深く原子について知っていても、原子を実体として認識していることにはなりません。その事実が、20世紀の初めに突きつけられました。そのことは痛ましい悲劇を伴って突きつけられました。

原子を仮想粒子として見なし、サイエンスに関わる知的活動をしていた科学者たちは圧倒的大多数を占め、その中には、哲学者であり物理学者のエルンスト・マッハやノーベル化学賞受賞者のオストワルドさえ含まれています。１９００年代に入って直後、圧倒的大多数の科学者は、原子や分子は仮想粒子であり、実在しないと見なしていたのです。原子について知っていることと原子を実体として認識することとは一致していない事実に気づくことができます。意識に依存せざるを得ない脳の活動に対し、どのようにすれば認識を実体に近づけることができるのか、権威ある専門家であっても自問自答しなければならないわけです。

オストワルドやエルンスト・マッハを含む、主流を構成する権威ある科学者たちが、「原子は化学反応を説明するための仮想粒子で実在しない」という威厳ある指摘がある中で、１９０５年、無名の若者が「原子が実在するとすれば、空気中を漂う微粉末は小刻みにランダムな運動をし、その運動は観測できる」という結論を、注意深く緻密な論理と深い洞察とに基づき導き、それを公表しました。その若者の指摘が、権威ある科学者たちの指摘と比較して、どの程度に本質に近いと言えるのか、脳は脳に問わなければなりません。21世紀の今日的な普通の脳であれば、権威ある科学者の意見を根拠として、原子は実在しないと結論するはずです。ここで、本質とは何かを示す役割をサイエンスが放棄すれば、より実体に近い認識を脳はつくれなくなります。サイエンスは哲学でもテクノロジーでもないのです。

原子が仮想粒子にすぎないとすれば、特殊な機能を持つ高分子の代表であるＤＮＡやＲＮＡが持つ特殊な機能を理解できません。それらを中心にした今日の分子生物学に基づく生命現象の理解は不可能です。その理解がなければ医療に関わるテクニックの今日的精密化の達成は不可能です。原子が仮想粒子にすぎないという解釈では、分子の構造や分子の形という各実態を説明することができません。アミノ酸分子にはＬ型構造とＤ型構造があり、微生物から人間に至るまで地球上のすべての生命体はL型構造のアミノ酸で身体を形づくり活動しています。酵素反応も抗原抗体反応も分子の構造に依存した反応です。原子が仮想粒子であれば、分子の構造という実態はあり得ず、分子構造に依存した反応もあり得ないことになります。

分子の構造は、その分子を構成する複数の原子の結合順序と原子同士の結合角度とを通して決まります。分子の構造は、エックス線回折、NMR、IRなどという測定技術を用い得られるシグナルを解析することから知ることができます。結果として、DNAからのRNAの合成、そしてRNAからのタンパク質分子の合成という生命活動の基本現象に対する今日的理解を脳にもたらすことができたのです。

当然、分子の構造を理解することなしに、ニボルマブのような分子標的治療薬を用いた今日のがん治療法やクリスパー・キャスナインを用いたゲノム編集に基づく遺伝子治療法を考え出すことはできません。原子が単なる仮想粒子であるならば、分子構造を合理的に決める根拠を失います。新薬の開発も不可能なことです。生命現象は、分子構造と結びついた極めて非線形な現象であり、分子構造の認識なくして生命現象の理解を深めることはできません。原子が単なる仮想粒子であるならば、DNAの機能、タンパク質分子の機能、およびそれら機能の間の関係を具体的に理解していく道筋を構築することができないからです。免疫現象や抗菌薬の効果に係わる理解は、分子構造と結びついた生命現象に対する分子レベルでの理解に関する特別な例です。今日的な医療行為は、そのような理解に支えられています。まさに、身体の中での原子や分子の振る舞いを具体的にイメージできればこそ、目の前の患者の症状として現れている現象に対し本質が理解できることになるわけです。

原子を作り出す現象

元素周期律表において、タンパク質を構成する重要な元素の1つである炭素が属するグループの左隣に、ホウ素やアルミニウムが属しているグループがあります。そのグループに、新しく存在が確認された原子番号113番目の元素ニホニウムが2016年に付け加わりました。理化学研究所の森田浩介博士らが率いる研究グループは、線形加速器を用いて、光速の10パーセント（約30000キロメートル／秒）にまで加速した原子番号30の亜鉛の原子核を原子番号83のビスマスの原子核に衝突させることで、原子番号113の元素の合成に２００４年に成功していました。そのとき合成された１１３番目の元素がニホニウムと命名されたのです。

２０１６年11月30日、国際純正・応用化学連合ＩＵＰＡＣは、１１３番目の元素を正式にニホニウムNhと決定しました。このとき同時に、１１５、１１７および１１８番目の３元素が、それぞれ「モスコビウムMc」、「テネシンTs」、および「オガネソンOg」と決定されました。ここで、気づかされることがあります。原子を仮想粒子とし、それを実体として認めない意識を抱えたままでは、脳は、新しい元素すなわち新しい原子のつくり方に気づくことは決してないということです。当然、天体が引き起こす現象によって、原子がつくり出されている事実に気づくこともできないわけです。

水と大気が存在し、植物が繁茂できる陸地を抱えた地球の地表面近くに、さまざまな鉱物を見いだすことができます。もちろん、金銀プラチナ、パラジウムなどの元素を見いだすことができます。なぜ、地球にそれらの元素が存在するのかという問いに対し、１つの回答を与える特別な現象が観測されました。その現象には宇宙空間への重力波の放射が伴っていました。２０１７年8月にＬＩＧＯによってその重力波が検出されたのです。そのときＬＩＧＯが検出した重力波の源は、２つの中性子星ＧＷ１７０８１７の合体現象です。その中性子星同士の合体過程は、重力波として観測された後、光学望遠鏡により合体過程に伴う爆発的輝きが捉えられ、かつ合体時に放出されたガンマー線はフェルミ宇宙望遠鏡とインテグラル宇宙望遠鏡で検出されました。

今回観測された一連の現象は、元素合成に関するシミュレーション計算を精密化することに寄与すると注目されています。またガンマー線バースト現象の源が何であるかを突き止めることに関する重要なヒントを提供してくれていると考えられています。そもそも、中性子星の合体現象は、中性子数過剰の原子核を宇宙空間に向かって大量に放出する現象であることがシミュレーションからわかっています。しかも、そのようにして放出された原子核はベータ崩壊し、金銀プラチナの原子核になっていきます。このようなことから、今回検出された中性子星同士の合体現象では、地球数百個分の金銀プラチナが宇宙空間にばら撒かれたと推定されています。

それゆえ、同じような天体現象でばら撒かれた金銀プラチナが、太陽系が形成される前の宇宙空間に漂っていたことを、今回観測された現象が裏付けることになったわけです。なお、金銀プラチナなどの重い原子は、地球形成時に地球の中心部に沈んで行きます。そのため、地球のコア近傍の重い原子を含んだ溶岩が地球表面に向かって輸送されなければ、地上で金銀プラチナを採掘できる可能性はなくなります。地球のコア近傍からマントル層を突き抜け、地球表面に向かうスーパープルームに起因して生じる溶岩の強い流れや地球内部からのマントルの湧き出しは、金銀プラチナを含む岩石を地球表面に輸送できます。したがって、スーパープルームに起源を持つ玄武岩の大量噴出を伴う巨大な火山噴火は、金銀プラチナの大鉱脈の形成に寄与することができるのです。

今日、それに匹敵するような多量の玄武岩噴出を伴う巨大噴火がイエローストーンで発生する懸念が高まっています。その巨大噴火が少しずつ差し迫っている状況を、脳が直接的に認識することはできません。そんな理由から、その実体を検出する努力に経済的な意味があるのかないのか、経済活動を利用し利得を得ることをもくろむ見地から、投資家ならば判断しようとするはずです。サイエンスに求められることは、利得獲得をもくろむ見地から意味を持つか否かではなく、金銀プラチナを含め原子の実在が意味する本質に何があるのか示すことです。

溶岩噴出の贈り物、ダイヤモンドとその熱的性質に関与するエネルギー量子

わたしは装飾品には縁がありません。ただし、ダイヤモンドが高価であり装飾品であるという認識を否定しません。もし、ダイヤモンドが道路舗装に使われるほど産出し、道路舗装に使われたら、靴底も車のタイヤもすぐに磨り減ってしまい、誰にとっても厄介ものになるはずです。幸か不幸か、その産出量はとても少ないです。そんなダイヤモンドを装飾品として認識させる意識から、その起源を問う意識へと意識を変更したとき、脳が認識できることは、地球規模の気づきへと変更されるはずです。

ところで、イエローストーンの噴火周期は約60万年であり、約220万年前に発生した後、約130万年前と約64万年前に発生しています。最後の噴火からは64万年が経過しているいることがわかっています。近年、イエローストーン公園では、地震が活発化しているだけでなく、21世紀に入って10年間で公園全体が10センチ以上隆起、さらに、公園内の池の干上がりや噴気吹き出しの活発化などの現象が観察されています。現在、面積8980平

方キロメートルの広さに体積９０００立方キロメートルのマグマが溜まっていることさえわかっています。統計データが示す約60万年周期である事実と現在の地下のマグマ溜まりの状態とからイエローストーンの巨大噴火の発生は、今日から２０７４年までの間と推定されているようです。その噴火に関する予測は、起こるかもしれない、起こらないかもしれないという漠然とした心理的懸念を示しているのではありません。噴火に関する予測が示していることは、合理を持って恐れ、覚悟を持って発生時に備える必要があるということです。

地球が経験してきた巨大な大規模噴火は、少なくとも5回生じています。それらは、玄武岩洪水と呼ばれ、巨大な玄武岩台地を出現させました。三畳紀に形成された南アフリカのカルー玄武岩14万平方キロメートル、白亜紀に形成されたブラジルのパラナ玄武岩１２０万平方キロメートル、白亜紀～暁新世紀に形成されたインドのデカントラップ50万平方キロメートル、中新世紀に形成されたアメリカ合衆国のコロンビア川台地20万平方キロメートル、そして最も巨大な玄武岩洪水によってペルム紀の末期に形成されたロシア東北部中央シベリア高原のシベリア・トラップです。

地球の中心コア表面近傍から、下部マントル層を突き破り、さらに深さ６７０キロメートルに底部を持つ上部マントル層を突き破り発生したスーパープルームに起因した多量の溶岩噴出が、ペルム紀の末期に発生しました。そして、150万平方キロメートルを覆い尽くす広大な玄武岩台地をシベリア・トラップとして形成させました。この噴火は、三葉虫、両生類、爬虫類、昆虫など地球上のさまざまな生命に壊滅的打撃を与えました。一方、中心コア付近から噴き出した溶岩由来の玄武岩中には重い原子が多量に含まれます。地球の中心コアには、重い原子、ニッケル原子・銅原子・パラジウム原子などが多量に存在するのです。シベリア・トラップでは、結果として大規模なニッケル・銅・パラジウム鉱床が形成されたのです。なお、金属パラジウムはスポンジが水を吸い取るように水素原子を吸い込むことができる特殊な金属です。

シベリアではダイヤモンドも産出します。事実、2004年時点でのダイヤモンドの国別年間生産量において、ロシアは3560万カラットでトップです。ロシアの次がボツワナ3110万カラット、3位がコンゴ民主共和国2800万カラットとなっています。なお、1カラットは0・2グラムに相当します。

シベリアでダイヤモンドが産出することには、ペルム紀末期、多量の溶岩噴出を発生させたスーパープルームが原因しています。地球の中心コア近傍から上昇するスーパープルームが発生させた溶岩の強い上昇流が、１５０キロメートル以上の深さにあるキンバーライトを含むマントル層を、短時間のうちに一気に地上まで押し上げたのです。そのため、そのキンバーライトはダイヤモンドを含んだまま地表に姿を現しました。しかも、そのキンバーライトが一気に冷えたため、その中に含まれるダイヤモンドが、結晶構造をダイヤモンド構造からグラファイト構造に相転移する時間がありませんでした。もちろん、ゆっくりと冷えれば、ダイヤモンド構造はグラファイト構造に変化してしまい、そのときダイヤモンドの存在はありません。しかし、キンバーライトは一気に冷えたため、その中にダイヤモンドが閉じ込められ残存することになったわけです。

ダイヤモンドが玄武岩台地から採掘されている実態は、とんでもなく巨大な噴火があった事実を人類に気づかせているのです。珍しさだけに留まる認識を原因している意識から自由になれれば、違った認識に脳は到達できるわけです。ダイヤモンドや金・銀・プラチナ・パラジウムをもたらした地球のダイナミックな活動に関する認識は、宝飾品としてのみの認識を生み出す意識からは決して導かれない認識です。

ダイヤモンドは、いうまでもなく最も硬い鉱物です。その硬さは、結晶構造の完全さと相まってフォノンの非弾性散乱の発生を抑制し、結果として熱をよく伝える性質をダイヤモンドに持たせています。一方、ダイヤモンドは電気的に絶縁体です。これら2つの性質をダイヤモンドが持つことから、現在主流の半導体素子であるプレナー型半導体素子の土台として、ダイヤモンドは用いられています。ダイヤモンドは電子工学の領域で重宝されているのです。大出力半導体レーザー素子や発光ダイオード素子から熱を逃がすことに、ダイヤモンドの性質が生かされているのです。なお、電子工学で用いられるダイヤモンド基板は、高温高圧を要さず大気圧付近かつ低温で合成が可能な化学気相成長法に基づいて、化学的につくられています。今日、宝飾品としての価値を導く意識とは異なる意識が、ダイヤモンドに工学的価値を付け加えていることに気づくことができます。

本質を問うサイエンスの姿勢に基づいた意識は、さらに別の認識を、ダイヤモンドから引き出しました。20世紀の初め、ダイヤモンドの比熱は温度が下がるに従い、どんどん小さくなることが実験からわかっていました。当時の物理学者の脳に育まれていた意識は、物理学的に説明できない現象という認識をその現象に対し、導いていました。ただし、1人の若者の脳には別の意識が育まれていました。

プランクという物理学者が気づいていたエネルギーに対する考え方があります。エネルギーには分割しようとしても分割できない「エネルギー量子」と名付けられた基本的な単位があるというものです。物事の実態を忠実に見極めるためであれば、フレキシブルに意識を変更することもいとわないとする若者の意識は、ダイヤモンドを構成する炭素原子間で、原子の熱運動のためにやりとりされるエネルギーの実態も、エネルギー量子の集合体であるという認識を脳に育みました。しかも、その認識を確認するための数学的計算は、ダイヤモンドの比熱が温度の低下とともに小さくなるという現象を見事に説明しました。

その計算をした若者の名前は有名なアインシュタインです。アインシュタインの意識が脳に導いた認識は、ダイヤモンドを見たとき、いくらの価値があるかという認識ではなく、炭素原子間でやりとりされるエネルギーはエネルギー量子からなるという認識だったのです。しかも、エネルギー量子という実体を認識することは、今日のさまざまな電子素子をデザインすることにも、医薬品のもととなるさまざまな分子をデザインすることにも寄与しているのです。

ダイヤモンドが持つ多様な見え方に誰でも気づかされるはずです。しかし、複数の見え方を内包した「だまし絵」の一面だけの認識に留まるときのように、意識が装飾品としてしか脳に認識させないとすれば、ダイヤモンドから引き出される多様な実態を認識できないことになります。そもそも、今日的テクノロジーのすべてへの道を開くことを助けた認識は、ダイヤモンドを見たときエネルギー量子を認識できたことなのです。その認識が、今日の産業経済の源泉であることを、投資家の皆様の脳であれば、ただちに察知できるはずです。さまざまな電子素子を内蔵した電子機器やコンピュータの恩恵が受けられる背景には、エネルギー量子に対する認識があるのです。薬の開発で使用されるＮＭＲ、ＩＲ、ガスクロマトグラフィー、液体クロマトグラフィー、質量分析器、エックス線回折装置、電気泳動装置、遺伝子解読装置など、どの装置においても、電子素子が使われています。このとき、サイエンスがテクノロジーに寄与しているように見えます。実態は、テクノロジーがサイエンスを利用しているのです。

ハピネスは快適さ、便利さ、および利得に関わる欲求を満たすことであるというスローガンと、そのスローガンに煽られた希望とによって育まれる意識を支えることにテクノロジーの目的はあります。それは、本質は何かを示すサイエンスの目的とは異なります。それゆえ、成果主義や市場原理などとなじむ活動は、テクノロジーに関わる活動であり、サイエンスに関わる活動ではありません。サイエンスの目的の１つは、宇宙の一角に位置する地球においてだけでなく、宇宙のどこにおいても通用する本質を示すことです。

快適さ、便利さ、および利得に関わる欲求が満たされることにハピネスがあるというスローガンが示すハピネスとは異なるカテゴリーに属するハピネスに関する認識を、脳に届けることをサイエンスは助けているのです。理解を超えた本質的な実態に遭遇することから得られる喜びや驚きは、そのようなハピネスの一つです。サイエンスがそれをもたらす役割を果たさないならばサイエンスの価値は失われることになります。

認識できること、それは今の意識に依存して脳が形成するものです。どんな非線形効果が関与するにしても、遠い未来の子孫がどのようにハピネスを認識できるかにも、現在を生きるわたしたちの意識が関わっています。今、ハピネスは脅かされているという強迫観念でアミグダラを活性化させた状態のまま形づくられた意識に従って脳が認識できることは、「だまし絵」が見せる極端な一面だけを認識しているにすぎないことになるということです。

もし、ダイヤモンドという物質を見たとき、高価な宝飾品と脳に認識させるに留まらせる意識から自由になれれば、地球自体のダイナミックな活動の姿に、ダイヤモンドという物質を介して気づく機会が得られるのです。さらには、物質の性質へのエネルギー量子の関わりさえ、ダイヤモンドという物質を通して気づく機会が得られるのです。

物質の性質へのエネルギー量子の関わり方は量子力学へと認識を発展させていくことを

許し、今日のエレクトロニクスを機能させることにも、医薬品を構成する分子をデザインすることにも、重要な貢献をしているのです。それは、宇宙初期の姿にさえ、ダイヤモンドという物質を介して、脳に気づく機会が与えられていることを意味しています。ダイヤモンドは高価な宝飾品と脳に認識させるに留める意識から自由になれれば、認識できていない「何か」を認識させてくれる意識を脳に育むことができるのです。そのような意識の持ち方は、偏りすぎた認識に気づく機会を与え、文明の持続性に寄与するはずです。

第九章

認識の偏りを自由に越える脳活動は可能か

ルビンの壺

（wikipediaより　http://en.wikipedia.org/wiki/Image:Rubin1.jpg）

金融システムと世界経済の発展を持続可能にするもの

わたしは夫の株式投資を相続したことをきっかけに、ボケ防止の目的を兼ねた小さな株式投資を始めました。そして、テレビのBSで日経株価の番組を毎日視聴していました。しかも、毎日の新聞から、今日の企業業績と会社の将来への取り組みとを調べることは、くも膜下出血が発症する前日までのわたしの大きな楽しみでした。結果、株式投資の世界を介して社会をみる意識が変わりました。もちろん、わたしの場合、株の売り買いといっても小さな規模です。英国の経済学者ケインズは、実態からかけ離れた行きすぎた投資行動に対し警告を出していました。わたしの場合は、それを完全に無視して何の問題も生じない規模です。それでも、企業と社会との関係や政治と企業との関係などを知ることを介し、単なるボケ防止ということ以上のことに気づかされてきたのです。

ケインズによれば、利得獲得を目指す意志によって意識が本質からそらされたとき、その意識は本質を見失った認識をもたらすのです。そのことを、ケインズは、美人コンテストというユニークな比喩を使って指摘していました。立案されている複数のイノヴェーションの中から「最も優れた」イノヴェーションを、多数の関係者の中で投票を行い、獲得票数の多さで選出するとします。そのとき、「最も優れた」イノヴェーションに票を投じた人たちには特別に報奨金を出すという約束をその関係者の間で別途取り交わしたとします。その約束は、誰がどのイノヴェーションに票を投じるかに意識を向かわせます。結果、「最も優れた」イノヴェーションを選出するという意志を失わせる効果を導きます。そのときの意識こそが、「最も優れた」イノヴェーションが選出される可能性を失わせるのだとケインズは見抜いたのです。利得に関わる特別な約束が、「最も優れた」何々という判断をフェイクにしてしまうとケインズは言っているのです。複数の認識が可能な「だまし絵」に対して、その特別な約束のために生まれた意識は、期待すべき認識とは異なる認識を脳にもたらしてしまうわけです。

物々交換と自給自足を中心とした経済システムには、テクノロジーを短期間に発展させるポテンシャリティーはありません。とはいえ、投資を行う人々の心理や投資を行う企業担当者の心理が何に向かうかに依存して、実体経済における物品の価格が影響され、生活が振り回される状況はありがたいことではないです。株価の動きは、投資家の心理を介して実体経済の変化から影響され、実体経済は、企業の心理を介して株価の変動から影響されます。このように相互に無関係でないところがあります。しかも、投資家の脳は、経済システムの実態を分析するのでなく、他の投資家を含め人々が経済システムの動向をどのように評価しているのかを知りたがる傾向があります。経済システムの実態を見ているのではなく、投資家は人々の解釈を見ているという事実に気づいている必要があります。

今日的解釈を人々にもたらしている意識がどのようなもので、その意識が、脳に世界経済のモザイク・パターンをどのように認識させているのか、注視している必要があります。テクノロジーによってホモサピエンスの脳に刷り込まれる欲望が膨らめば膨らむほど、地球環境の大きさに限りがあることを脳は思い出せなくなる可能性があるからです。本質を見失った状態は、ケインズが言うようなバブルです。ただし、経済的発展とそれがもたらすより多くの獲得物にこそハピネスの基礎はあるという意識からの呪縛から、たとえ少しでも自由になれれば、脳にかかるストレスは軽減されるはずです。そのような状態の脳であれば、地球環境の持続性とも、文明の持続性とも調和させた自分たちの判断が持つ価値に対し、客観的な認識が深められるはずです。

自由にならない脳を抱えても保持しているポテンシャリティー

わたしの脳は、わたし自身にとって自由にならないです。しゃべろうとしても適当する言葉をうまく紡ぎ出さないのです。結局、しゃべることを諦めてしまうのです。そのようなわたしの脳の状態を理解できないお医者様方は何の判断能力もないものとした扱いをしてきます。

工夫したリハビリを続け8年間かかったものの、ジル・ボルティ・テイラー博士の脳は言葉も計算能力も取り戻し、博士を第一線の研究者に復帰させました。左脳で生じた脳卒中で言葉を紡ぎ出す能力を失っていたときでさえ、テイラー博士は自分と外界との連続した感覚を右脳の活動によって認識していました。言葉が紡ぎ出せない状態をすべての脳機能が失われていると、脳に単純に認識させる意識は変更される必要があります。息子はわたしの脳の状態を説明することにいつも苦労しています。そもそも、脳神経組織には神経細胞ネットワークの欠損を補うような神経細胞の活動があるのです。それは、人格を維持することにも、身体機能を再獲得することにも寄与するものです。

もちろん、神経細胞の活動が引き起こしてしまうネガティブな作用もあります。勘違いや判断ミスというヒューマンエラーがそれです。このことも正しく認識される必要があります。

想定外も勘違いもヒューマンエラー

脳をいつでも期待するように機能させることができるという考えは誤っています。わたしの脳に限ったことではなく、一般的にその考えは誤りなのです。何らかの理由で思い違いをしたことが原因して、事故に発展してしまったいくつものケースに気づかされます。そのようなヒューマンエラーが航空機や巨大プラントの運転で起こると致命的結果を招くことになります。医療の領域でも同じことが言えます。それゆえヒューマンエラーを誘発させかねない根本部分の原因は可能な限りなくす努力が必要です。

ミスター・トルネードは、一瞬にして航空機を墜落させる衝撃波のような強い下降気流の実在を突き止め、旅客機の安全運航に大きな貢献をしました。ミスター・トルネードとはテツヤ・フジタ博士のことです。フジタ博士は、福岡県小倉生まれの米国の気象学者です。フジタ博士は、原爆投下間もない長崎で、建物の倒壊の向きや倒壊の程度を調査し、爆心地点を精度高く特定するための分析作業を行っていました。そのときの経験は、フジタ博士の脳に、災害現場と向き合う研究者としての特別な意識を準備していました。

その意識が、衝撃波がもたらす被害の特徴に気づくことを容易ならしめたのです。しかも、その意識は、発生時刻の予測も発生場所の予測も難しい竜巻に対して、風速を推定する方法をフジタ博士の脳に考案させたのです。その方法とは、災害現場に残る痕跡を観察することや撮影することで集めた家の壊れ方や木の倒れ方などに関わるデータを分析し、風速を評価するという方法です。分析に必要なデータの収集に関わる姿勢は、フジタ博士を気象学のシャーロック・ホームズと言わせていたようです。

１９７５年、イースタン航空から、フジタ博士は、66便墜落事故の原因究明をしてほしいという切迫した依頼を受けました。その依頼の半年前に、66便墜落事故はジョン・F・ケネディ国際空港で発生し、１１２名もの命が失われていました。事故の直前、ジョン・F・ケネディ国際空港への着陸態勢にあったイースタンエアライン66便は、高度５００メートルを飛行していました。そのとき、66便は急激に高度を失っていたのです。不幸にも、激しい雨で視界がきかなかったため、地表面への異常接近に気づいたとき、着陸やり直しの実行は既に手遅れだったようです。結局、66便は滑走路の手前約730メートルの地点にあった誘導灯に激突し、機体は大破し炎上しました。

その墜落事故の直前、複数の航空機が雷雨を突っ切るとき、機体の異常降下に出くわしていました。しかし、それらの航空機は空港へ無事着陸していました。その上、地上の管制塔では、着陸を中止させなければならないような強い風は観測されていませんでした。事故を起こした66便のパイロットはベテランでしたが、当日の状況から事故の原因はパイロットの操縦ミスとして結論づけられたのです。

この結論に疑問を持ったのが航空会社で、フジタ博士に事故原因の再調査を依頼したというわけです。事故当日の国際空港周辺の気象状況、そして事故直前に他の便のパイロットが体験していた現象、加えて、局地的に発生していた強い気流が残した痕跡の発見、それらにフジタ博士は注目しました。そして、空港の上空に位置していた積乱雲から強いダウンバーストが、局地的にごく短い時間発生していたという結論に、フジタ博士の脳は達したのです。

しかし、ダウンバーストの実態は多くの研究者の意識の外にありました。そのため、ダウンバーストの実態を観測し、観測から得られたデータに基づいて、その実態を仮説の根拠として示す必要がありました。観測方法の探索やタフな交渉を含め観測の準備に時間を費やしましたが、１９８２年ついに上空からマイクロバーストが吹き下ろす瞬間の垂直断面を、ドップラー・レーダーによる観測で捉えることができました。ダウンバーストの根拠が観測事実として得られたわけです。

今日では、世界各地の空港にドップラー・レーダーが配備されています。それによって、積乱雲の下に生じる強い局部的ダウンバーストを避けて航空機は安全に離着陸できるようになっているというわけです。なお、気象学界のノーベル賞と呼ばれるフランス国立航空宇宙アカデミー賞・金メダルが、１９８９年にフジタ博士に授与されています。

66便墜落の主原因は、確かに、強い局地的なダウンバーストにあったわけです。しかし、機体の急激な降下を感じたとき、パイロットが即座に着陸態勢立て直しのため、機体を引き上げる操縦をしていれば、惨事を回避できたかもしれないと考え直すことができます。事実、フジタ博士の努力が航空会社の人々にダウンバースト現象の実態を認識させてからは、パイロットにダウンバースト対応の操縦技術訓練を課しているようです。一方、66便墜落事故が避けがたかったとしても、もし航空機の接触に対し誘導灯が簡単に倒れる設計になっていれば、事故の悲惨さはいくらか緩和されていたと考えることができます。ダウンバーストという主原因以外に、惨事回避のために考えられることは、どれも人為的な因子に関わることであることに気づかされます。

活性化しやすい神経細胞ネットワークの活動によって形づくられる意識の作用が、認識を特定部分に限定してしまう心理現象を、脳は特性として引き起こします。そのような脳の特性のおかげで「だまし絵」を楽しめることはとても愉快なことです。しかし、そのような脳の特性は、避けがたい深刻な現実を突きつけているのです。脳機能の特性のために、ヒューマンエラーを発生させるリスクは、決してゼロにできないということです。そのため、ヒューマンエラーが重大な事故に結びつくリスクもゼロにできないのです。

デンマークの認知行動科学の研究者ラスムッセン博士の研究は、脳神経組織の特性のためヒューマン・エラー・ゼロの目標を達成することは100パーセント不可能であることを暴き出しました。世の中に許容基準は存在し得るけれど、安全基準は存在しないことをラスムッセン博士の研究は暴き出しているのです。

注意深く脳を働かせようとすればするほど、脳内の神経細胞間でやりとりされる信号を誤った神経回路に送り込んでしまう確率を高め、結果として判断ミスを発生させてしまうということがあります。マニュアルにより効率的に脳を働かせ、脳内の神経細胞間でやりとりされる信号に誤りが生じる確率を小さくしようとすると、マニュアルにないことに対応できず、結果として判断ミスを発生させてしまうということがあります。マニュアルに頼らずに済むよう強固に連結された神経ネットワークを、働かすことができる習熟した脳を獲得してさえ、いつものようにいくはずという期待感が、結果として判断ミスを発生させてしまうということがあります。このようなことから、判断ミスを発生させる要素を取り除くことはできないと結論されるのです。

医療行為であっても、巨大プラントの運転であっても、車や電車や航空機などの運転であっても、ヒューマンエラーは避けられない、そのことを前提にものを考えることの重要性をラスムッセン博士は指摘しているのです。壊れたわたしの脳ゆえに避けられないのではなく、誰の脳でも避けられないのです。常にゼロでない何らかのリスクが存在していることを踏まえてリスク分析をし、その結果を踏まえて低いリスクに留まるよう状態を管理し続けることが不可欠なのです。しかも、そのように管理された状態を安全とする考え方さえ、既に生まれています。

ヒューマンファクターとしての正常性バイアス

脳は意識に依存してみたいように物事を認識してしまいます。自然災害を避けることに関しても、命の重み、文明の持続性、地球環境の持続性などを守ることに関しても、事態を深刻化させてしまう大きな要因の1つに、意識に依存した脳の働きがあります。異常事象が迫り来るとき、正常性バイアスという性格の意識に基づき、望ましくない判断を脳が下してしまうことは、その一例です。

もちろん、マジックショーでファンタスティックな演出を楽しむことができることにも、意識に依存して脳が働くことが関わっています。現実を前にしたとき、意識の作用が脳に実態を誤認させたままであれば、マジックショーを楽しむ状況とは異なり、深刻な問題を引き起こすリスクを高めてしまいます。そのようなリスクをゼロにできないとしても低減させるためには、脳神経組織から活動のフレキシビリティーを失わせている意識に対し、客観視することを助け、かつ気づきへ向かう脳の活動を助けるテクノロジーが必要です。便利さ、快適さ、および利得のもたらされ方によってハピネスの尺度は決まると脳に認識させているテクノロジーとは異なるタイプのテクノロジーが必要です。すなわち、ヒューマンファクターのために隠された実態、あるいは排除された実態への気づきを助けるテクノロジーが必要です。

日常的経験から培われる意識では認識できない未知の本質に対して、気づきを深めること、そしてその気づきを拡大させることはサイエンスの目的です。サイエンスの目的の本質は、意識に依存して、見たいように物事を認識してしまう脳に、未知に対する気づきをもたらすことです。意識に依存して、見たいように物事を認識してしまうことを助長する意志を分析し、適切な意志とは何かを考え直す勇気を与えることも、サイエンスには求められます。芸術活動においてさえ、気づいていないことや気づけないことに対し、気づきの機会を提供すること、あるいは気づきを助けることが活動の目的となっていると、２０１７年にノーベル文学賞を受賞された英国の作家カズオ・イシグロ氏は指摘しています。脳神経組織は、脳にもたらされるすべての情報に気づきながら、認識に向かう情報処理活動をしているわけではないのです。

息子はいつものような意識でわたしのケアをしていました。そこに、病院と診療所のお医者様方の意識が割り込むことで、良い方向に向かうはずが、今回はわたしの健康状態を悪化させる方向に向かわせてしまいました。事態の問題性に息子は気づいていました。問題なのは、息子の脳に正常性バイアスが働き、息子は研究の完成を優先し、事態の推移に対し積極的な対応をしなかったことです。

状況に合致していない認識をもたらす意識のために、脳にさせる最適でない判断とか、脳に持たせる最適でない意志とかなどは、典型的なヒューマンファクターです。そのようなヒューマンファクターが、実態への認識を意図的に排除し、不具合を致命的に発展させてしまうことがあります。カーブで速度を落とさなければならない状況下であることを認識していながら、列車の運行時刻を守ろうとする判断を優先させることは、偶然のエラーではなく意図的な選択です。複数の選択肢のうちの1つに対してのみ選択が許される状況下で、かつその他を選ぶべきでない理由を認識していながら、状況に合致していない選択を優先させてしまう誤った意識に脳が支配されたとき、その意識は致命的不具合を発生させてしまうことになるのです。そのようなことを人類の脳は歴史的に繰り返してきました。今日は否定できる……というほどに、人類は脳の特性がもつ短所から自由ではないです。

大気中の二酸化炭素濃度が上昇している実態を知り、さらに大気中の二酸化炭素分子が地表から宇宙空間に向かう赤外線の一部を地表に戻すことに寄与している実態を知り、しかも赤外線の一部が地表に戻される効果が地球規模の気象に影響を与えることをシミュレーションから知っていても、知っていることと行動に結びつく認識とは異なります。産業活動の利得やライフスタイルの快適さや便利さを優先する意識は、二酸化炭素放出量の削減を積極的に実行することに対してブレーキとして作用してしまいます。そのようなヒューマンファクターの関与の大きさを無視したまま、かつ地球という惑星をシェアするという国連のコンセプトを無視して、文明を長続きさせることは不可能です。状況に合致していない認識をもたらす意識が、脳につくらせる都合のよいイメージが原因する致命的不具合、そのような不具合を避けなければなりません。そのことは哲学者だけでなく誰もが理解しています。実態に縛られることを拒絶する活動に、エンターテインメントとしての面白さを見いだせたとしても、実態から遊離した脳の活動は望ましい認識を許すことはないのです。

巨大テクノロジーに関するあるエキスパートがインタヴューの中で「テクノロジカルなイメージを具体化するためには、経済的負担の限界と技術的な限界、そして時間の制約を考慮して安全性達成に関しての上限設定、いわゆる、ある種の『割り切り』は避けられない」と指摘していたことを思い出さざるをえません。テクノロジーを利用するだけの人々にとり、「割り切り」方の意味することに対し、不安を感じさせられるはずです。実際のところ、その「割り切り」方は確率論に基づいて行われています。

まず、各部位に用いられる各種部材に不具合が起こる可能性を確率論的に評価します。次に、各部材に不具合が起こる確率を用い、すべての部位を組み上げてできる構造物に不具合が起こる確率が評価されます。設計は、その確率が妥協できる数値以内に収まるようにすることです。それが、「割り切り」方が意味していることです。この手法は米国のエンジニアが考案し、今日さまざまな巨大テクノロジーに適用されています。航空機事故の発生確率が低く抑えられている実態は、そのことに依存しています。

さて、「正常性バイアス」に位置づけられるある種の思い込みに支配された意識が引き起こす不具合は、典型的なヒューマンファクターが関与した不具合に相当します。そんな不具合を息子の脳も起こしていました。特別なヒューマンファクターとして、ヒエラルキーな組織構造から生じること、プライドがもたらすこと、財政上の要請から生じること、などがあり得ます。その種のヒューマンファクターが深刻な不具合を原因させていたいくつもの例があります。それらの例から、問題の深刻さを人は痛いほどわかっています。しかし、その種のヒューマンファクターを回避することに関しても解消することに関しても、どんなに優れた脳も消極的になる傾向があります。らい病隔離政策、優生保護政策、血液製剤由来のＨＩＶ発生の問題、水俣病認定の問題、被爆者認定の問題など、どれも被害者となった人々に極めて過酷な状況を突きつけてきました。

あるオブジェの実体を認識しようと試みたとき、そのオブジェの認識に対しネガティブに作用するヒューマンファクターがあります。原子を実体として認識しようとしたとき、ネガティブに作用したヒューマンファクターが20世紀の初めにありました。『２００１年宇宙の旅』の著者アーサー・Ｃ・クラークは、著書の１つ『未来のプロフィル』の中で、「特定された問題の解決に向け、最も信頼し得る方向性を示唆できる能力を持つものは、その問題について最も詳しく知る者あるいはその問題が属する分野の権威者として認められる者であるとは限らない。大き過ぎる知識により想像の翼がおられずに済むようなもののチャレンジングな意思や偶然の意思によってその問題の解決の方向性が開かれてきた事実をいくつも数えられる。（福島正美／川村哲郎訳、早川書房）」と指摘しています。

電磁波を用い地球全体を覆う通信網を思い描き、それを達成させたマルコニーのチャレンジングな行動は、問題解決の方向性が開かれた典型的な例です。地球は球体であるため直進する電磁波は地球のどこから発信しても行き着く先は宇宙空間です。発信地点から見て地球の裏側に相当する地点になど電磁波が届くわけがありません。幸い、地球の上空は、電離層で覆われていました。その電離層が電磁波を反射してそれを地表に戻してくれるので、地球の裏側へのその伝播が許されるのです。ちなみに、マルコニーのチャレンジングな行動は、高卒のマルコニーにノーベル物理学賞を受賞させました。スマホや携帯を含め電磁波を用いた今日のさまざまな通信手段を見渡せば、マルコニーがノーベル賞受賞者であることに納得がいくはずです。

ネガティブに作用する特殊なヒューマンファクターとして、「義務」があることに気づくことができます。義務を背負い、忠実に何かを実行することを、美徳に思うことはとても良い解釈です。しかし、義務は、判断を盲目的にしてしまうケースがあります。アイヒマンのケースはその一例です。

ナチス党の幹部であったアイヒマンが裁判の中で「自分は義務に忠実にそれを行ったまでだ」と述べたと伝えられています。これは、ジェノサイドを実行させる根本理由は自分にはないとする意識が、惨たらしい事態を発生させていたことを意味します。「それは義務であり、自己責任が問われるような理由を自分は持たない」と脳に認識させる意識は、今日の社会においても珍しいことではありません。第二次世界大戦中のリトアリアで杉原千畝が実行した判断は、渡航ビザをユダヤ人に発行し続ける人道的判断であり、外交官としての義務から逸脱した例外的な自律的判断でした。

むしろ、米国の哲学者ハンナ・アーレントが指摘するように、義務を理由に与えられた役割を忠実に果たしているだけだとアイヒマンのように客観的かつ冷淡に主張する心理状態に誰もが置かれてしまうのです。多くのケースで、そのような現実に気づかされるはずです。義務を理由に与えられた役割を忠実に果たしているだけで自らに及ぶ責任はないと認識する脳の活動に影響している意識から、どうしたら自由になれるのかは、徳への道として問われなければならない重大なテーマです。

さらに、義務を背負う状態から育まれるパッシブな意識には、重圧感を伴ったネガティブな認識を脳に蓄積させてしまうポテンシャリティーがあります。それゆえ、徳への道は義務を背負って進む道ではありません。徳への道は、シンパシーを伴って砂漠に水路を掘って人々の健康維持を助けた中村医師の脳に訪れるような充実感、そのような充実感を認識できる状態へ脳がシンパシーを伴って向かう道のことです。もちろん、ＳＡＲＳ感染の拡大防止のためにウルバニが進んだ道も、そのような道です。ウルバニの脳に訪れた意識は、パッシブな意識ではありませんでした。ＳＡＲＳから世界を救おうとした脳に訪れた意識は、パッシブな意識を原因する義務から完全に自立していました。それゆえに、意味が深く、自分にとっても受ける側にもポジティブな効果を導いたのです。

２０１８年は、ヒエラルキーな体制の問題が、報道機関や人々から強く非難される年となりました。新年早々の相撲の世界での問題、そして5月にはアメリカンフットボールの世界での問題と続きました。6月には、がん遺伝子治療、がん免疫治療、などの保険適用外の高度ながん治療の分野において、がん患者が気の毒な扱いを受けていた特殊な事例が報道されていました。提案された治療に対する十分な説明と合意に基づき治療を受けるという関係ではなく、治療を受けたければ従いなさいというヒエラルキーな関係が、お医者様と患者との間に成立していたと報道は伝えていました。医療現場にヒエラルキーな体制は存在しないと、単純に全否定できないところが確かにあります。２０１８年9月３日の日本経済新聞には、ＣＴ画像、ＭＲＩ画像などの分析を行う放射線診断専門医が置かれている地位が低いというヒエラルキーな体制の実態が指摘されていました。

ヒエラルキーな体制は義務として活動が完結する体制です。義務としての活動は、義務ゆえに形づくられるのであり、判断への柔軟な修正能力や判断への柔軟な再検討能力だけでなく、判断への自発的評価能力さえ失わせます。望ましくない結果が誘導されるリスクが高まったとき、義務ゆえのパッシブな意識は、ネガティブな面が拡大される状況を避けられなくさせます。

ネガティブに作用するヒューマンファクターとして、「義務」だけでなく、アミグダラの異常な活動が引き起こす過度な「不安」もあります。それは、望ましくない判断とともに好ましくない行動を誘導するポテンシャリティーを持ちます。それゆえ、アミグダラの異常な活動を鎮静化させ、合理的判断を導くことは必要なことです。設計によって担保された安全性、物質の化学的性質によって担保された安全性など、何かによって担保された安全性の説明は世の中にたくさんあります。それはアミグダラの活動が合理的に鎮静化するために求められることです。

しかし、時と場合によっては、アミグダラの活動の非合理な沈静化のために、判断を正しい方向に導くことが阻害されることがあります。直面した現象に対し脳に煩わしさを認識させたとき、意識は煩わしさを脳に無視させることにより、ストレス回避を「正常性バイアス」として試みさせます。そして、「正常性バイアス」を生じさせた意識は、脳に事態の深刻さを正しく認識させない状態に陥れます。「噴火の影響が及ぶ場」「津波の影響が及ぶ場」「大雨の影響が及ぶ場」などから一刻も早く立ち去らなければならない深刻な事態にあるとき、その深刻な事態に対し、ストレス回避作用をもたらす意識は、その深刻さの実態を脳に認識させずに、危険にさらされる状況をつくり出します。

「正常性バイアス」は、金融システムにおける人々の行動判断にも、予想外の大きな影響を及ぼしてきました。ケインズは、本質から認識を逸脱させた望ましくないバブルを「正常性バイアス」に侵された脳が発生させることを予測していました。「正常性バイアス」に侵された状態から脳を自由にして、客観的および合理的にその状態を脳に分析させることとは、ほとんど不可能に近いことです。それゆえ、正常性バイアスを導かせた意識は、物事が明らかにおかしな状況になっていても、脳にそれを認めさせず、むしろ正当化しようという行動に発展させてしまうのです。

おかしな状況を回避するために多数派に従うという判断を導く意識も、それを回避するための保証になることはありません。多数派に従うという判断には、合理的理由づけが備わっていません。多数派に従うという判断が合理的判断になっている保証は何もないのです。同じタイプの正常性バイアスを導いている同種の意識に基づいて判断と行動をとっている可能性があるからです。事態を客観的かつ合理的に、かつ批判的に分析することなしに判断を脳に出力させる意識は、適切な認識が脳に導かれることを妨げます。これは、本質は何か、あるいは実態は何かを見誤るリスクを高め、ケインズが言うように、そこにバブルの発生を許す心理的条件が整うのです。

正常性バイアスとして、熱力学第二法則は人類の活動に制限を加えることはないという認識があります。その正常性バイアスは、エントロピー増大現象からいくらでも自由でいられると脳に信じ込ませています。生命現象も、地震も、気象現象も、ブラックホールの形成も、経済学的現象も、さらに宇宙膨張すらも、熱力学第二法則から独立した現象ではありません。

部屋を冷やすという行為は電気エネルギーを使って部屋の熱を環境に放出するということです。熱力学第二法則から完全に自由である状態とは、環境に放出すれば、熱も、CO2もプラスチックも、化学物質も、放射性物質も、すべて環境が完全に希釈してくれる状態のことです。そのとき、人類への環境からのリアクションはないことになります。

環境が無限のキャパシティーを持つならば、熱力学第二法則を考慮することなしに、人間は望むことすべてを望み通りに実行することが許されます。これは人間が何を行ってもエントロピーは極大値に達しないことを意味します。ところが、地球温暖化を原因している物質は人間の活動に由来するCO2です。各種のプラスチックゴミは数千メートルの深海の底にさえ散乱しています。たとえ低濃度とはいえ世界のどの海からも検出できる汚染物質があります。有機水銀、ＰＣＢ、ＢＨＣなどの化学物質やセシウム１３７、ストロンチウム90、トリチウムなどの放射性物質、およびオゾン層を破壊してきたフロン、それらは地球環境を汚染している代表的な物質です。この事実は、人間の活動がエントロピーの増大に寄与している実態を表しています。それゆえ、正常性バイアスに基づいて自覚の外に押し出されてしまう実態に対し、サイエンスは本質を示す役割を負わなければならないのです。

第十章　ヒューマンファクターの克服を目指すＡＩの活用

ヒューマンファクターの関与を極小化するためのＡＩ

「だまし絵」から認識されるように、あるオブジェと背景とに対し、意識に依存して認識がもたらされるという状況を脳は避けることができません。また、ラスムッセン博士の指摘にあるように、人間の脳機能が関与せざるを得ないことに対し、絶対に不具合は生じないという状況を構築することは不可能だということです。ヒューマンエラーが発生するリスクをゼロにはできないのです。それに加えて、ヒューマンファクターに起因した不具合も発生するリスクがあります。人間の脳機能のみに任せておいては、不具合発生のリスクをゼロに向け低減できないということを前提にした対策が、何に対しても常に必要なのです。

スーパーコンピュータの演算能力を高める目的は、コンペティションにのぞむ目標設定と混同したような認識で、それを最高にすることを自慢することにあるのではありません。その演算能力は、人間の脳機能のみに任せたのでは避けられない不具合の発生リスクを抑制するためのシステム構築、それを助けるためにあるのです。

それは、ＡＩシステムの構築を助けることにあるのです。各種検査から得られる画像データやあらゆる学術誌に掲載された最新の研究成果、それらを含む膨大なデータすべてを網羅的に、数十秒間、長くて十数分間という短い時間で正確に解読し、そのデータの中から求められる最適情報を瞬時に見いだすことは、人間の脳機能では不可能です。しかし、ＡＩシステムではそれが可能です。

２０１７年12月12日、アメリカ医師会雑誌ＪＡＭＡに掲載された論文において、乳がんの転移を調べるための画像判定の正確さが、ＡＩと経験をつんだ11人の病理医との間で比較され、ＡＩの正確さが、大きく上回ったことが示されました。そのＡＩシステムは、ハーバード大学とマサチューセッツ工科大学の研究チームが開発したものであり、その正確さは99・４パーセントであり、11人の病理医の平均値の81パーセントを上回りました。しかも、ＡＩはすべての画像判定を１分以内で終了していました。

ただし、11人の病理医には、臨床現場での実作業と同程度の速さである２時間につき１２９枚の速さで判定を行ってもらっていました。さらに、11人の病理医には、ＡＩが１分以内で済ませてしまう全画像判定を、時間をかけて入念に行うこともしてもらっていました。正確さは96・６パーセントと改善しましたが30時間という時間を費やしてしまいました。疲れなし、ストレスの蓄積なしのＡＩは、驚くほどの正確さで多量の画像判定を瞬時に行えるポテンシャリティーを持つということを論文は立証したことになります。

そもそも、エックス線撮影やＣＴなどの画像から悪性腫瘍を識別することに関して、サンフランシスコにあるエンリティック社が開発したディープラーニング機構を組み込んだＡＩシステムは、熟練の放射線科医師と比較した実験で、人間より50パーセントも高い精度で識別できる能力を示していました。また、人間の場合、7パーセントの割合でがんの見逃しが発生していました。それに比べ、ＡＩシステムの場合、がんの見逃しはゼロパーセントでした。しかも、ＡＩシステムは、1ミリメートル以下の微小ながんさえ見逃さない能力を持っているのです。現在、そのＡＩシステムを、オーストラリア全土で40の医療機関が既に導入しています。

一方、グーグル社が開発したＡＲ顕微鏡のＡＩシステムは、がん細胞の位置を、緑色の線で囲んで教えてくれます。たとえば、乳がんの組織切片をＡＲ顕微鏡にセットして覗き込めば、がん細胞の位置を、緑色の線で囲んで教えてくれるのです。それが意味することは、がん細胞の有無やその大きさをストレスなくお医者様は判定できるということです。

２０１８年4月11日、米国食品医薬品局ＦＤＡは、ＡＩを活用した画像診断装置を販売する初の認可を、アイディーエックス社に与えていました。高血糖が網膜内の血管を傷つけることで起こる糖尿病網膜症は視力喪失を原因します。米国では、３０００万人が糖尿病網膜症の影響を受けています。4月11日に認可を受けた画像診断装置のＡＩ処理システムは、中度よりも重い糖尿病網膜症を検出するためにつくられたものです。特別な網膜カメラで撮影した成人の眼の画像を、お医者様がクラウド・サーバーにアップロードすれば、ＡＩ処理システムが糖尿病網膜症に関して、陽性か陰性かを判定してくれます。このとき、お医者様は画像分析に関わる一切のストレスから解放されることになります。

ＦＤＡのスコット・ゴットリーブ局長によれば、他にも多くの種類のＡＩ処理システムが、間もなく、ＦＤＡによって承認されることになるとのことです。なお、２０１８年8月14日の日本経済新聞によれば、英国ディープマインド社は、加齢黄斑変性や糖尿病性黄斑浮腫を対象とした疾患検出を行うＡＩシステムを開発したとのことです。種々のＡＩ処理システムの登場により、お医者様にかかるすべてのストレスを完全になくせる日が確実に近づいています。

そもそも、お医者様方への心理的負担を軽減しなければ、画像データ解読に対する不十分さに象徴されるようなヒューマンエラーに伴う不具合の発生リスクを抑制すること、または最小にすることはできません。幸い、病理組織画像、細胞組織検査画像、内視鏡検査画像、MRI画像、CT画像、PET画像、超音波エコー画像など、あらゆる種類の画像分析の自動化に向け、学習機能を持つAIシステムは、高いポテンシャリティーを持つことが確認されています。

さらに、天文学や分光学で培ってきた技術を画像処理に適用すれば、一次差分や二次差分の数学的処理やフーリエ変換処理と相まって、意識に依存しない認識が、波長に応じた画像判定から得られることになります。それは、ヒューマンエラーが発生させる誤認識のリスクを最小にすることができます。同様に、ヒューマンファクターに起因する誤りのリスクも最小にできます。それは、画像診断精度を向上させることになります。そのことが意味することは、画像判定に関わるお医者様のストレスを完全になくすことが可能であるということです。そのようなストレスの低減が意味することは、ヒューマンファクターに起因する誤った判断やヒューマンエラーに起因する不具合、いずれの発生リスクも一層低減されるということです。

IBM社のヘルスケア部門を率いてきたバウザー氏は、治療法の決定根拠に関わる不確実さについて、2016年5月26日付のメディア・インタヴューの中で、指摘していました。バウザー氏によれば、今日のがん治療の現場において最初に適用した治療法の44パーセントは途中で変更されているということです。この指摘は、最初に決定した治療法の半分は、十分な根拠を伴う決定ではないという実態、いわゆるヒューマンファクターに起因する誤認識の実態を突きつけているということになります。

偶然にも２０１６年に、英国グーグル・ディープマインド社とロンドン大学は、放射線治療計画の立案に、学習機能を持つＡＩシステムを適用するという計画を発表していました。その計画の対象は、舌がん、咽頭がん、甲状腺がん、唾液腺がんなどの頭頸部のがんです。がんの放射線治療においては、患者の健康な組織への損傷を最小にし、治療効果を最大化する必要があります。そのため、放射線を照射する部位、照射の方向、照射線量および、照射回数に関する最適立案が必要です。それを、学習機能を持つＡＩシステムに任せようというのです。熟練した医師でもその治療計画の立案には平均4時間を費やします。しかし、そのＡＩシステムは、その治療計画を1時間で立案できます。一般に実用化されれば、お医者様方のストレスの大幅な軽減が可能になります。さらにＡＩシステムの学習が進めば、より最適な治療計画をより短時間で立案できるポテンシャリティーをそのＡＩシステムは持ちます。今日、ＡＩシステムは、複雑な治療計画を立てることさえ助けようとしているのです。

ＩＢＭ社が開発したＡＩシステムであるワトソンは、「コグニティブ・コンピューティング・システム」として、人間の言語を学習し理解し、人間とコミュニケーションを取りながら人間の意思決定を支援することができます。ワトソンは、患者に関わる情報が入力されれば、学習した膨大な論文の中から、治療を助ける情報をすぐに探し出してくれます。細胞分子生物学・生命科学・医学関係の論文だけでさえ、新しい論文は1日で数千件に達します。それらの論文を、正確に解釈することは、人の脳機能では不可能です。しかし、ワトソンはすべての論文が示している情報を正確に解釈し、それらの情報を関連づけてデータベースに保管できます。そして、ワトソンに患者の情報を入力すれば、治療に必要な情報が掲載された論文を示すとともに、治療方針の決定をワトソンは助けてくれます。それは、ヒューマンエラーやヒューマンファクターの関与を抑制し、医療の正確さを向上させ、その上、医療費の削減に貢献できます。

今日、身体の組織細胞に対して、あるいは免疫細胞に対して、薬が効くという現象を遺伝子のレベルで生じる現象として理解し直されてきています。しかも、その理解は効果的な薬を分子の構造からデザインし直すことを可能にしています。ただし、そのためには遺伝子発現状態に関わる情報が必要です。幸い、その情報は細胞ごとに取り出すことができます。

遺伝子発現状態は、細胞から抽出したメッセンジャーＲＮＡ（ｍＲＮＡ）中の塩基配列を解析すれば決定できます。遺伝子発現状態がわかれば、その遺伝子に対応して合成されるタンパク質分子が決定できます。そのようなタンパク質分子の三次元構造は計算から推定できます。その三次元構造に基づいて酵素としての機能、あるいは生化学的役割が予測できることになります。今日、遺伝子発現に関わる情報を入手することは、インターネットの検索サイト（gene expression database）を介し、代表的な組織細胞に対して可能となっています。タンパク質の発現情報に関してさえ、インターネットの検索サイト（human protein atlas）を介して入手が可能です。

採取された血液サンプルをＤＮＡ解析センターに送れば、１週間以内に解析された自分の全遺伝子情報が入ったＤＶＤディスクが指定の場所に届く時代に入っています。そもそも、１人の全遺伝子の情報は数ギガバイトのＵＳＢメモリーに入る程度なのです。

自分のゲノム中での遺伝子の発現状態を確認しながら、病気に対する診断を精密に下す時代に既に入っていることを、わたしたちは正しく認識すべきです。病気に関連した遺伝子の発現状態に関わる情報と、自分の遺伝子の発現状態とを比較し、病気の原因を遺伝子レベルで特定し、その原因に応じた薬を分子レベルでデザインし、それを治療に用いるという時代に既に入っているのです。そもそも、がん細胞は、遺伝子の発現状態という遺伝子レベルの視点から、既に精密に分類されています。しかも、その分類は、遺伝子の発現状態に応じた適切な抗がん剤の選択を可能にし、治療効果の最適化を可能にしています。

さらに、がん細胞の存在を、遺伝子の発現状態を特定することにより、精密に知ることは、腫瘍マーカーと呼ばれる物質の量を調べる方法では決して達成できない精密判定を可能にしています。さらに、病気にかかったときの遺伝子発現状態と健康時の遺伝子発現状態との比較は、病気を精密に特定することを可能にしています。この事実を脳に正しく認識させることができれば、遺伝子の発現状態に基づく診断の精密化は、効果的治療の実現にも、医療費の削減にも、お医者様方のストレス削減にも、医師不足にもただちに寄与することになります。

身体を構成する37兆個の細胞における遺伝子の発現状態と、その加齢に伴う遺伝子の発現状態の変化について、わかっていないことが多いとしても、公開された論文は既に膨大です。そのことを踏まえて、ＩＢＭ社のアルマデン研究所と製薬会社とは、医薬品の特許情報、細胞分子生物学関係、生命科学関係、および医学関係の論文、約４０００万件を学習させたワトソンを用い、薬をデザインするための知見をワトソンに探し出させることを試みています。なお、ワトソンとは異なるＡＩシステムを用いた新薬の開発も２０１８年４月から行われていることが、２０１８年8月19日の日本経済新聞に指摘されています。一方で、既存の薬を新しい治療目的に有効利用していく可能性を探る試みが、ワトソンを用いて行われています。既存の薬を別の治療目的に転用する場合、新しい目的でのその薬の使用は短期間で可能になります。既存の薬は臨床試験を既に通過しているからです。

病気という健康から逸脱した状態に対し、免疫細胞を含む37兆個の身体の細胞それぞれの中で、どの遺伝子がどのように活動していることなのか遺伝子レベルでの認識が、脳に備わっていなければ、こんにち既に確立されつつある精密医療を実行することは１００パーセント不可能です。病気を診断する今までの方法から、遺伝子レベルの視点で精密に病気を見定める方法へのパラダイムシフトは既に生じています。遺伝子発現の見地から薬をデザインするという実態には、その一面が現れています。そのパラダイムシフトに対し、ストレスを背負ってでも疾病に対する旧来の認識にしがみつこうとする意識に引きずられた脳を救う役割を負っているものが、ＡＩシステムです。

がん細胞では遺伝子中の数千から数百万箇所までのいずれかでＤＮＡ塩基配列に変異が発生しています。しかも、その変異箇所の組み合わせに依存してがん細胞の性質に異なりが生じます。そのため、がん治療の精密化は、がんを原因しているＤＮＡ塩基配列の変異を特定しない限り不可能です。ワトソンは、ＤＮＡ塩基配列のどの部分の変異が、患者のがん、たとえば「大腸がん」を原因しているのか、ＤＮＡ塩基配列の変異に関する候補の中から特定作業を、たった30分でやってのけます。人であれば1年かかる作業です。さらに、それだけでなく、その「大腸がん」を原因しているＤＮＡ塩基配列の変異に対し特異的に効果を示す薬を、「大腸がん」以外のがんに対し承認されている薬の中から摘出するということさえもやってのけます。

ところで、急性骨髄性白血病には急速に症状が悪化するタイプと、そうでないタイプがあります。治療現場では、いずれかを見極めなければなりません。それにもかかわらず、切羽詰まった状況に置かれている患者に対して、その見極めに許される時間は少なすぎます。そのような事情を考慮するならば、患者に対し、遺伝子のＤＮＡ塩基配列の分析を行い、遺伝子変異を特定し治療法を決定するという作業を短時間で達成しなければなりません。そうでなければ、遺伝子変異の特定に基づいた治療が、患者にとっても医療費の削減に関しても、どんなに有益であっても現実的ではありません。

　原因特定を困難にしていた特別な遺伝子疾患さえ、複数の遺伝子変異の組み合わせに対する数理統計手法と高速アルゴリズムの導入を介して、解析することが可能になってきています。遺伝子情報を考慮した精密ながん治療のため、ＩＢＭ社は、米国のがん専門の医療研究機関メモリアル・スローン・ケタリングがんセンターや先端医療技術開発のブロード研究所などと提携し、それらの医療機関が蓄積してきたがんに関する大量の研究論文や「全遺伝子データ」などをワトソンに学習させました。そして、がん患者ひとりひとりの遺伝子情報を考慮した、ひとりひとりに適合した精密化医療をそのワトソンを用いて試み、そのような精密化医療の現実性をＩＢＭ社は既に実証しています。

　少なくとも変異したＤＮＡ塩基配列を特定することは、治療処置の精度を高め、かつ医療費を削減するためには必要不可欠なことです。たとえ同じ臓器に発生したがんであったとしても、患者ごとにＤＮＡ塩基配列中の変異箇所や変異の仕方に異なる可能性が伴います。幸い、ヒトゲノムの全ＤＮＡ塩基配列の解読を所要時間1時間以内かつ1万円以下のコストで達成できる次世代の遺伝子解読装置が、現実的なものになろうとしています。

　一方、細胞分子生物学、生命科学、医学の分野で年間2000万件以上の論文が公表され、がん関係の論文だけに絞ってさえ年間20万件以上の論文が公表される時代となっています。しかも、年間に公表される論文の数は、加速度的に増加する傾向にあります。多量の研究成果が生み出されているこの事実は、治療に有効利用する観点から、正しく認識されるべきです。この点に関して、驚異的な学習能力を持つワトソンのようなＡＩシステムは、それらを短時間ですべて学習してしまいます。その上、すべての研究成果の中から治療に適する情報の候補を瞬時に抽出できます。ワトソンのようなＡＩシステムも、次世代の遺伝子解読装置も、低運転コストかつ最速のスーパーコンピュータも、既に現実のテクノロジーです。この事実が意味することは、ヒューマンエラーやヒューマンファクターに関わるリスクを最小限度に抑えた精密な医療措置に向けたパラダイムシフトが既に始まったということです。

がんの診断支援システムに特化されたワトソンは、入力されたがん患者の電子カルテ情報に対し、診療ガイドラインに沿った治療法を、根拠とともに提示します。また、どのような治療を実施したとき、どんな副作用が生じるのか、さらに、副作用の発生実態に関する情報もワトソンは提示します。乳がん、肺がん、子宮がん、子宮頸がん、膀胱がんなどは、ワトソンによって既に診断支援対象となっているがんです。アメリカ、ヨーロッパ、韓国など世界では既にそれが利用されています。しかし、ＡＩを活用する医療現場の体制や医療へのＡＩの適用に関わる法制度が整っていないという理由から、医療費削減が問題になっているにもかかわらず、日本では、一般診療向けへのワトソンの利用は達成されていません。

ただし、ワトソンを用いた臨床研究は、東京大学医科学研究所で２０１５年７月から行われています。その臨床研究のため、ワトソンには、細胞分子生物学関係、生命科学関係、医学関係の論文２０００万件以上、医薬品の特許情報１５００万件以上、がんを発生させる遺伝子変異の情報１００万件以上を学習させていました。

急性骨髄性白血病で２種類の抗がん剤治療を半年続けたものの回復が遅く、敗血症も併発した女性患者のケースに対し、ワトソンの適用が試されました。既に解読が終了していた女性患者の遺伝子情報をワトソンに入力したところ、急性骨髄性白血病の中でも、診断も治療も難しい「二次性白血病」という特殊なタイプであることを、わずか10分でワトソンは回答しました。ワトソンは、さらに、そのタイプに適する抗がん剤の候補を提案してくれました。臨床チームがその提案を採用した結果、約２ヶ月後、女性は退院するまでに回復し、現在は通院治療を続けているということです。

2016年8月4日、東京大学医科学研究所はその事実を公表しました。人間では時間がかかる腫瘍細胞の遺伝子変異の分析や、適切な薬の候補を網羅的に調べる作業も、ワトソンなら10分から20分程度で実行できます。膨大な遺伝子情報や蓄積されるがん研究の成果を、臨床現場に有効に、かつ現実的に活用していくためにはAIシステムの利用は不可欠なことです。

僻地医療や地方医療を総合臨床の見地から支えている自治医科大学で、学習機能を持つAIを用いた総合診療支援システム「ホワイト・ジャック」が、臨床現場で2016年11月から試験的に運用開始されました。「ホワイト・ジャック」は、ワトソンのように論文情報や臨床データなどを学習し蓄積しているAIシステムで、それは、各地域の診療所などで、1人で患者を診なければならないお医者様方に対し、診療上の気づきを助ける役割を負っています。「ホワイト・ジャック」は、自治医科大学のデータベースにアクセスするシステムであるため、事前にサーバーを持つ必要はなく、低コストで運用できます。

「ホワイト・ジャック」の利用は、次のような手順で行われることになっています。まず患者自身が、症状に関わる情報を携帯端末から入力し、それを電子カルテ・システムへ送信します。次に、電子カルテ・システムに届いた内容を医師が確認し、「ホワイト・

ジャック」へ問い合わせします。「ホワイト・ジャック」は確率の高い順に病名をリストとして出力してきます。受け取った病名候補を参考に医師が患者へ問診を行い、必要があれば、「ホワイト・ジャック」へ繰り返し問い合わせを行います。最後に、医師が、本命と推定される病名を選択すると、「ホワイト・ジャック」は推奨される検査や薬の候補を出力してきます。そのとき、確率は低くても見逃してはならない危険な病気の名前も合わせて出力し、しかも、その危険な病気を否定するために必要な診察項目も示してくれます。「ホワイト・ジャック」による診療支援は、まだ第一段階で、「ホワイト・ジャック」を副作用の検出へ応用することも計画されています。そもそも、「ホワイト・ジャック」が目指す計画の本質は、地域特有の疾患に対する治療および健康維持のための予防医学の確立にあるとされています。そのために、患者の生活習慣を含めた総合的な地域医療データを「ホワイト・ジャック」を介してデータベースとして蓄積していくことが必要です。最終的には、そのデータベースに基づいて、地域特有の疾患の治療や健康維持のための予防医学を「ホワイト・ジャック」を介して提供することになるわけです。

予防とは少し意味が異なる予測に基づく医療にも、ＡＩシステムは有効であることが確認されています。軽度の認知障害者のＰＥＴ画像データをＡＩシステムに学習させ、その

ＡＩシステムにより認知症の発症予測診断を行ったところ、予測の精度が84パーセントに達していました。その結果は、２０１７年8月、学術誌ニューロバイオロジー・オヴ・エイジング（Neurobiology of Aging）に発表されたものです。なお、その結果を導いたのはカナダのマギル大学とランス・レーショナル・ニューロイメージング・ラボラトリーとの共同研究チームです。この事例は、ビッグデータ分析に基づき症状発症前の発症可能性診断、いわゆる予測医療を、ＡＩシステムに行わせることができることを示すものです。

「ホワイト・ジャック」やワトソンのようなＡＩシステムが、学習を積み重ね、十分な能力を持つに至れば、離島でも、無医村でも、世界中のどんな場所でも、携帯端末を介してヒューマンエラーやヒューマンファクターの影響を最小限に抑制しながら最先端の最適医療診断が受けられることになります。そのようなＡＩシステムは、お医者様の心理的負担を軽減しながら、医療診断の精密さに関する標準化の達成を助けます。しかも、特別な検査が必要なときや手術が必要なときは、それを可能にする施設に移動すればいいだけです。

これは、世界のどこの患者にとっても、医師不足の克服方法としても、医療費の削減方法としても、お医者様方のストレス軽減の方法としても、意味があることです。

医療を助けるＡＩシステムへの期待

ヒューマンエラーやヒューマンファクターの関与なく、ＭＲＩ画像、ＣＴ画像、ＰＥＴ画像、超音波エコー画像、各種血液検査、細胞組織検査、内視鏡検査、遺伝子解読などから得られる情報を正確に分析することは、望ましい医療判断を導くための前提です。その上で、薬の選択と組み合わせ、薬の効果的かつ安全な投与方法、手術の選択など、複数の要素に対して、最適な効果に結びつく合理的根拠を前提とした考察と判断が求められます。しかも、患者の肝機能や腎機能を含む生体応答と薬の特性との関係、その関係への遺伝子レベルからの影響、それらすべてを考慮し、最適治療方法を見いだすことが望まれます。

治療開始後の症状の変化を分析し、効果が期待通りでなければ再び最適治療法を探る作業を行わなければなりません。治療行為には、多くの判断が求められます。そんな状況下でさえ、お医者様方にかかるストレスが軽減され、ヒューマンエラーやヒューマンファクターの関与が最小限に止められる必要があります。そのために、コンピュータテクノロジーが用意した道が、ＡＩシステムを活用する道です。幸い、学習機能を備えたＡＩシステムが持つ優れた有効性は事例が示す通りです。

頻繁に発症する炎症に対処することでさえ、臨床検査データ、炎症原因、および免疫応答システムの能力、それらに加えて抗菌薬の分子構造からくる特異性、それらを考慮しながら、最適処方の選択が望まれます。そのとき、ヒューマンエラーやヒューマンファクターの関与を抑制するために、学習機能を備えたＡＩシステムは有効です。そもそも、血液中に含まれる各種の微量物質や各種のサイトカインの中から、症状の検出に適した新しい検査対象物質を探すことさえ、ＡＩシステムに行わせることは可能です。

脳は、意識のフィルターで濾しとられた情報のみを認識する特性を持つため、ヒューマンファクターに起因した不具合の発生リスクは伴わざるを得ません。医療行為だけは例外ということはありません。検査項目の抽出、画像データの解読、投薬の選択、薬の組み合わせ、投与量の計算、手術の判断などに加えて、免疫応答システムと遺伝子発現との関係、薬の効き方と遺伝子発現との関係さえ、精密な医療のためには考慮しなければなりません。考慮すべき因子が多くなるほど、不具合の原因となるヒューマンファクターが関与する確率もヒューマンエラーが関与する確率も高まらざるを得ません。

画像診断現場で今日お医者様方が置かれている状況は深刻であり、異常の見落としにしても検出された異常の未伝達にしても発生して不思議ではないと２０１８年９月３日の日本経済新聞に指摘されています。お医者様方への心理的負担を軽減しながら、ヒューマンエラーやヒューマンファクターに起因する不具合発生のリスクを最小にするためにはＡＩシステムの適用は不可欠です。

70億のハピネスのためＡＩの活用方法を示すのはテクノロジーの役割

遺伝子情報を含む医療ビッグデータを可能な限り短時間に分析できるかどうかは、量子コンピュータを含むコンピュータの演算能力に依存せざるを得ません。雨・風・台風の予測や気候変動の予測のためのシミュレーション計算を、より広範囲あるいは地球規模で、且つより狭い局地に至るまで高い精度で短時間に実行することも、コンピュータの演算能力に依存します。技術革新の実態、技術革新の方向性、物資の移動実態、資源の埋蔵実態、資源の調達実態、政治的目標などをビッグデータに基づき分析することに対しても、コンピュータの演算能力は影響を与えます。不安を助長する因子、ハピネスを具体化する因子、人々の意識、などを含め経済活動に関わるすべての因子をビッグデータに基づき可能な限り短時間で分析することに対しても、その演算能力は重要な因子となります。コンピュータの演算能力を高めるという開発活動が内包するテクノロジーの目的とは何かを具体的に示すことは、テクノロジーが果たすべき役割です。

ヨーゼフ・シュンペーターが指摘するような、利益独占のために他社より高い演算能力をという目的意識があったとしても、それでコンピュータテクノロジーの目的が達成されたことにはなりません。また、コンピュータの演算速度を高めることに対しコンペティションに参加している意識と混同した目的意識があり、達成した結果に誇らしさを得たとしても、それでコンピュータテクノロジーの目的が達成されたことには全くならないのです。

ソフトウェアがあって、ハードウェアとしてもたらされるコンピュータの演算能力が意味を持ちます。テクノロジーがすべての種類のハピネスに関与しているわけではありませんが、テクノロジーにこそ全人類のハピネスの実現が託されていると主張する人々やそのことを信じ込んでいる人々がいることを否定する哲学者はいないはずです。人間の脳機能の弱点を補うＡＩシステムを機能させるソフトウェアが準備されてハードウェアは生かされ、人類へ貢献できる道が開かれます。そのとき、コンピュータテクノロジーの目的が達成されたことになります。

医療情報の実態、経済の実態、社会の実態などに関わる莫大な情報を緻密に分析することは、人間の脳機能の処理能力をはるかに超えています。だからこそ、人間の脳機能の弱点を補うコンピュータテクノロジー、すなわちＡＩシステムに価値が生まれます。意識に依存する脳の活動に気づいた脳からさえ、脳がその意識から自由になり、活動することは簡単なことではありません。そのような脳神経組織のネガティブな特性を克服しようとするとき、ＡＩシステムの価値は高まります。

投資家の意識、企業の意識、消費者の意識、地方の人々の意識、都市の人々の意識、工業先進国の人々の意識、開発途上国の人々の意識、スラム街で生活せざるを得ない人々の意識など、各種の意識をビッグデータに基づき一定期間ごとに分析するときＡＩシステムは助けになります。

さらに、特許を含む利用可能なあらゆる技術情報に加えて、特定技術が持つメリットとデメリットの性格とその影響を考慮して、ある課題に対し何ができるかを示すとき、ＡＩシステムは利用されるべきです。火山と地殻の活動の実態と規模や異常気象現象の発生実態と規模のようなタイプのグローバルなデータを因子分析することもＡＩシステムは助けるべきです。そのようにして得られた各種の結果に基づいて、地球環境の持続性を担保し文明の持続可能性を高めることができる現実的な社会の目標や政治の目標を具体化しようとすることとさえ、ＡＩシステムは助けるべきです。

ＡＩシステムでは、人間の脳機能では不可能な大量な情報の高速分析が可能です。そのために求められるものが、高速化されたコンピュータの演算能力です。そして、高められた演算能力に本当の価値が付加されるのは、脳機能を助けることができるＡＩシステムが具体化されたときです。テクノロジーに示すことが問われていることは、どのような性能のハードウエアの上に、どのような領域の知見を考慮しながら、どのようなＡＩシステムを構築するかです。

終章　わたしの人生の終焉に起きたこと

わたしのエピローグ

２０１７年10月、すべてが順調でした。息子は、量子流体に関する数学的計算と数値計算との最終段階を迎えていました。わたしは、２０１７年の5月から、血栓を溶解させるために市内の病院の心臓内科で処方された薬エリキュースを服用し、効果が現れていました。車いすに長く座らされた状態が、頻繁にあったことに関連するエコノミークラス症候群に原因があると推定される血栓が、肺動脈に詰まり発症していた肺高血圧症の症状が軽くなっていたのです。幸い、エリキュースを服用してから血液中の酸素濃度が改善し、94パーセント前後を維持できるようになったのです。体調も10月にはかなり回復していました。

毎月、月末の定期検診では採血がありました。もちろん、10月25日にも、採血がありました。ただし、そのときの採血方法は今までと違っていました。横で見ていた息子がとめてくれればよかったのですが、採血針を何度も深々と差し込まれたのです。結局、そのことが原因し、左腕全体に及ぶ内出血を引き起こしてしまいました。体調も急激に悪化してしまい、11月に市内の系列病院の心臓内科に入院しました。

そのとき主治医となったお医者様のわたしの症状への説明方法は少し変わっていました。わたしが入院した当日だけ、救急治療室のベッドサイドで酸素濃度が上がらないという説明を息子に対し繰り返すと同時に、治療を打ち切るタイミングについてこだわった説明をしたようです。その後、息子は面会とリハビリのため、毎日病院に来ていたのですが、退院するまで、息子はそのお医者様と面会形式で話すことはありませんでした。説明は電話を介してあるだけで、しかも、血液中の酸素濃度と二酸化炭素濃度との比率が正常値に戻らないという説明を繰り返すものでした。

息子は、生理学的な理由というより物理化学的な理由が原因しているのではないかと疑っていました。そして、「多量な点滴薬の投与のせいで血液のＨＰ値が７・４より低下し、ヘモグロビン分子と酸素分子の間の結合力とヘモグロビン分子と二酸化炭素分子の間の結合力との関係が望ましくない状態になっていることはありませんか」と息子は尋ねたそうです。お医者様のお答えは、「高齢のため」とのことです。もちろん、高齢という理由はサイエンスの知識に基づく理由ではありません。それは、病気の原因が特定できないことに対する方便であることは、誰もがわかっていることです。したがって、わたしのケースでは、ＡＩ診断に切り替え、忙しいお医者様の手間の軽減が考慮されるべきです。

歳を重ねると眠れなくなる現象を、論理的ではありませんが「高齢のため」とよく説明します。視床下部外側野でのオレキシンの合成が不足している状態、あるいはオレキシンレセプタに異常がある状態は、居眠り病、いわゆるナルコレプシーを原因とすることがわかっています。これは、オレキシンが強めに作用すれば、不眠症になることを意味します。一方、ガンマー・アミノ酪酸いわゆるＧＡＢＡやアデノシンが視床下部に作用すれば眠気が発生します。したがって、ＧＡＢＡやアデノシンの作用が低下したとかオレキシンの作用が相対的に強まったとかなどの変化は、眠れない症状の原因になり得ます。

さまざまな状況下で、高齢者に対し、高齢こそが病気の原因であると説明してくださるお医者様に出くわすことは珍しくありません。超高齢化社会においては、多くのケースで病気の原因が高齢のためにならざるを得ないのかもしれません。言葉による説明能力を持たないわたしに対しては仕方がないのかも知れません。しかし、日野原先生のような聡明な高齢者もたくさんおられます。超高齢化社会において、医師不足対応と医療費削減とを実現するとともに、お医者様の負担軽減を実現する必要があります。そのためには、医療へのＡＩシステムの積極的活用は不可欠です。ＡＩシステムの積極的活用は、お医者様にとっても患者にとっても益するところが多いと結論できます。

２０１８年８月９日の日本経済新聞によれば、政府の計画は、百数十億円を投じることによって２０２２年末までにＡＩ医療の拠点病院を10箇所つくることになっています。その拠点病院でのＡＩシステムの確立が意味することは、あらゆる地域の各病院に設置された携帯端末から、そのＡＩシステムを動かすサーバーへアクセスすることで、自治医科大学のホワイト・ジャックのようなＡＩ診療が２０２２年には受けられるということです。そこには低運転コストで高演算能力を持つスーパーコンピュータの実現を目指したテクノロジーの１つの目的が具体的に見えています。

さて、わたしの免疫力と体力は、わたしを再び回復に向かわせました。そのとき、息子は、口から食物摂取できることを病院でデモンストレーションしてくれました。ただし、入院中ということもあり、鼻腔栄養摂取になりました。そのとき息子は、それで十分だから早期に退院させてほしいと主治医に伝えていましたが、自分の論文作成を急ごうと企て、今までのように、強く退院を要望しませんでした。そうした中で具合の悪い提案が主治医から息子にありました。退院を前提としたＣＶポート交換の提案です。しかも、ＣＶポート交換の手術は、自宅近所の病院で受けられるよう手配したという説明でした。ＣＶポートは高カロリー輸液を点滴するもので、口から食物摂取ができない患者に行う栄養摂取の措置です。

息子が論文のための計算に躍起になっている心理状態が、病院関係者の皆様の脳には、わたしの介護をもてあましているとして、受け止められたようです。複数の病院関係者が、介護が楽になるからCVポート交換すべきだとメフィストフェレスのように息子を誘惑したのです。3年前、隣の市の病院はその交換を拒んでいました。そんなことを経験していた息子の判断に魔が差したのです。息子の馬鹿たれがいつもなら断るのに、簡単にお医者様の提案を受け入れてしまったのです。CVポートの交換を息子のやつは安易に承諾してしまったのです。またしても、息子は判断ミスをおかしてしまいました。

自分の意志ではどうにもならない、自分の意志から独立したたくさんの存在が、自分の意志を支えていることを認識しています。免疫システムを構成している免疫細胞たちの存在は、その一例です。もちろん、免疫機能に関わる重要な一翼を担っている腸内フローラや口腔内フローラの存在も、その一例です。各細胞の中には過剰量のRNAが存在し、それらは傷ついたDNAの複製に関与しています。細胞内のタンパク質は分解され、身体の中で再利用されています。微生物のレベル、細胞のレベルそして、分子のレベルでの自覚できない各種の存在、それらは自分の意志から独立した存在です。しかし、それらは、生きようとするわたしの意志を支えています。さらに、わたしの場合は、息子の判断も自分の意志ではどうにもならず、息子の判断ミスはわたしの運命を決定してしまいます。

自宅近所の病院で、CVポートの交換は2回行うことになりました。12月末に転院し1回目を行い、翌年退院しました。ただし、手術中に血液を細菌で汚染させてしまったという理由からの発熱で再び入院し、2度目のCVポートの交換手術を受けました。わたしは、口から食物摂取ができますから基本的にはCVポートは不要なのですが、わたしがしばしば脱水状態になることがあったため、それを少しでも緩和できればという息子の安直な判断が、2度目の交換の承諾を導いてしまいました。

なお、1回目の退院後、高カロリー輸液の点滴に伴う副作用であるアシドーシスの症状がわたしに現れていることに息子は気づきました。往診医のお医者様にその旨を伝えましたが、それは否定され、呼吸困難の原因は、血液を汚染した細菌の繁殖とたんによる気管閉塞のためだと診断されました。

いずれにしても発熱と呼吸困難とを抱えたまま自宅にいるわけにはいかないので、救急車でCVポートの交換を受けた病院に連れて行かれ、抗菌薬の投与を受け、CVポートの再交換を受けたという次第です。このとき、息子はCVポートの再交換を拒絶することができたはずなのです。しかし、承諾してしまったわけです。ただし、わたしが入院しているとき、息子は点滴用薬剤を製造販売している製薬会社宛に、すべての点滴薬のPH値を7付近に調整すべきではないかと申し入れをしていました。

退院後は、高カロリー輸液の点滴量を処方量の半分にし、不足分を口から食物として摂取するという手段でアシドーシスの発生を抑制していました。しかし、再び具合が悪くなり病院に連れて行かれました。1週間ほど入院して体調を安定させましょうということになったのです。このときも、息子の脳の中は楽観的な見通ししかありませんでした。しかし、わたしの心臓は、脱水状態とアシドーシスによる負荷で既に限界に達していたのです。そもそも、いつものように息子が強く拒絶してくれていれば、高カロリー輸液の副作用であるアシドーシスの問題は起こらなかったのです。論文作成を優先しようとする息子の意識は、息子の脳に安易な判断ミスを何度も繰り返させていたのです。

アシドーシスのような医薬品の副作用にさいなまれるという事態は当然避けられるべきです。息子は聞き慣れない法律、「医薬品、医療機器等の品質、有効性および安全性の確保等に関する法律」の第五十二条を調べ直しました。そして、副作用に関する注意事項の記載を、少なくとも薬剤被覆物表面に行うことを、法律として規定すべきである旨を厚生労働大臣宛に要望していました。さらに、独立行政法人医薬品医療機器総合機構および製薬会社3社には、薬の被覆物表面に副作用への注意書きを表示するよう直接要望していました。一社からは返事がありませんでしたが、二社からは、積極的に対応を考える旨の通知が届きました。それが実現すれば、世の中のどの病院のお医者様方もその他の医療従事者の方々も被覆物表面の注意書きを見ながら重篤な副作用が生じる可能性に気づき、それを避けながら治療に当たれるはずです。結果として、どなたも安心して治療を受けていただけるものと信じております。なお、息子が製薬会社に送った要望書は次のようなものです。

２０１８年２月

製薬会社　ご担当者様

中心静脈点滴輸液について

これは質問ではありません。御社製造の中心静脈点滴輸液に関する説明を拝読し、アシドーシス等の副作用に関する資料のご配送を指定する病院・診療所宛に、ご依頼申し上げるものです。私の母金子トシ子が受けた処方と同じような処方が繰り返されることを防ぎ、母に起こった不幸な結果を防止して頂きたいのです。

母に起こっていた低酸素化症の原因として、私はアシドーシスを疑っていました。そしてアシドーシス緩和の措置を依頼しました。しかし痰による気管閉塞が血液酸素濃度を低下させているという理由で処置をしてもらえませんでした。近所の病院に2月10日に連れて行きましたが、私の判断が遅く母の心臓は鼓動し続ける能力を失わせていました。結局2月13日に息を引き取りました。

血液のＰＨ値は、タンパク質分子の立体構造を決める重要な因子です。その立体構造は

ＰＨ値にとても敏感に依存します。指摘するまでもなく、タンパク質分子の立体構造とそのタンパク質分子の機能発現とは、アロステリック効果に見られるように密接に結びついています。ＰＨ値が変化しタンパク質分子の立体構造に変化が生じればそのタンパク質分子は機能を果たせなくなります。当然、血液のＰＨ値の変化は、酸素分子とヘモグロビン分子との間の結合力と二酸化炭素分子とヘモグロビン分子との間の結合力とに影響を及ぼします。このため、投与される輸液のＰＨ値は、輸液の浸透圧特性とともに、それを患者に投与する際、最も重視しなければならない因子です。それゆえ、輸液のように体内に直接投与される薬剤に関して、注意事項が「誰でも」日常的に、目にしやすい箇所に表示されていることが重要です。

現場の医師を含む医療従事者の皆様は、患者の病的不具合発生の原因を、使用した医薬品の副作用以外に求めようとします。すなわち、患者の病的・身体的・生理的不具合にその原因を優先的に求めざるを得ない心理的状況に、医療従事者の皆様は常に追い込まれているのです。患者の病的・身体的・生理学的不具合のみにその原因を求める脳には、投与した薬や点滴薬に関する効能以外の特異性である副作用に注意を向ける心理的ゆとりがありません。科学をどこかで学んだ者であれば難しいことではないような現象への気づきに対してさえ、治療現場の特別な雰囲気と診断に対するプライドとは柔軟性を失わせ、適切な気づきへの道を閉ざしてしまっていることを否定できません。診療所の先生や外科の先生や心臓内科の先生への遠慮もあり説明の合理性に関し深くお聞きできていないという限定的な条件での理解になりますが、気づきへの柔軟性を犠牲にしていた脳の活動に直面したのです。

製薬会社には、医療現場での医療従事者の心理的特性を踏まえ、医薬品ごとに、患者の生命維持を左右しかねない重篤な生理学的現象とは何か（たとえば、呼吸困難、発熱、など）に対し気づきやすくする工夫が求められます。製品表面に「重要注意事項」が一目でわかるようになっていれば、それへの注意が、疎かにあるいは機能しがたくなっている医療従事者の皆様の心理に対し、それに気づく機会をもたらすはずです。そうすれば、薬や点滴薬の効能部分のみに意識が向き副作用へ無自覚となっている心理状況がもたらす事故を、未然に防ぐことができるようになるはずです。

成分濃度表示は必要な数値情報に違いありません。しかし、現場の医療従事者の皆様は、ルーチンワークとしての治療で、毎日あるいは日々、使用する薬剤の成分やその濃度を見ています。このような医療現場の現実を考慮すれば、各成分とそれぞれの濃度が製品被覆物の表面に表記されていることより、医療従事者の注意喚起のために「副作用への注意事項」が製品被覆物表面に記載されていることのほうが患者の生命にとり有益です。また、相撲の世界だけに見られるわけではないヒエラルキーな関係は、医療現場での医療従事者間に存在します。この現実にも配慮すべきです。ヒエラルキーな関係は不具合発生を防止する意識を機能不全にする因子となるからです。医療従事者の皆様が置かれているそれぞれの立場と心理とを把握し直し、薬剤の使用に原因する副作用の発生を抑制できるような表示方法を各製品に対し考えてください。

以上

あとがき

わたしにとり「生きるとは与えられた道を歩むこと」としか思えませんでした。大正から戦中戦後の昭和を通し生きることへの解釈をパッシブにとらえざるを得ませんでした。そのような意識を抱えた状況下で、三男を亡くし、4年後義母を亡くし、翌年に夫を亡くし、追い討ちをかけるように、次男が健康状態を悪化させるというネガティブな事態が続きました。そのどれも防げなかった無力感にうちのめされました。幸い、何でも食べることができる身体は健康状態をいつでも強く維持し、風邪を引くというようなことはありませんでした。姉の誘いで始めた詩吟は励みになり、夫の妹さん・志ず子さんと毎日していた電話での会話は心を落ち着かせてくれました。また、夫が投資していたわずかな株を相続したことは、世の中への見方を一転させてくれました。テレビや新聞から得られる企業の技術革新への取り組みや経済活動に関わる情報への関心は、株式投資を介して意識を社会へと向けさせてくれました。結果、サッカー、野球、相撲中継などのスポーツ番組と同様に、国会中継が好きなプログラムの1つになったのです。

くも膜下出血発症の前日まで25年以上、雨や雪の日さえも続くことになった毎朝毎夕5キロの散歩は、筋力維持を許し、心も身体も健康へと戻してくれました。さらに、気の合った仲間と食事をしたりおしゃべりしたり、白馬の山荘に避暑に行ったりすることは人生への意識を一層ポジティブにしてくれました。脳に湧き上がる比較の声に翻弄され、自分を見失いやすい不器用な心を抱え、心理的窮屈さにさいなまれてきましたが、人々との関わり合い、社会・経済・政治情勢への関心、そして筋肉への刺激を介して、内に向かっていた意識は外に向かう意識へと変わり、人生を楽しむ意識を持つことができていたのです。

くも膜下出血が原因した出血性脳梗塞の発症後、長男が行うきついリハビリは、わたしの左手左足に生じた完全麻痺状態を克服させ、遷宮間もない伊勢神宮の内宮の前に、支えられながら立つことを許しました。２０１５年10月には日本航空の飛行機で出雲に飛び、遷宮が行われていた出雲大社にお参りすることもできました。筋肉への適度な負荷は、脳を含む身体機能の改善と維持に不可欠であり、人生をポジティブにしてくれることを確信しています。壊れた脳を水頭症によりさらに悪化させ、言葉を適切に紡ぐことができなくなった人生の末期においてさえも、スポーツ中継、国会中継、そして苦しかった戦時中を思い出させるドキュメンタリーは意識を活性化させる番組でした。人生は宿命ではなく、楽しむべきものと、さまざまな関わり合いを通し、思えるようになれたことは幸いでした。

共有する地球・文明・未来を見て。出雲にて

著者プロフィール

金子 哲男（かねこ てつお）

1953 年千葉県生まれ。

古典流体の対相関関数の二相関関数和表現、非格子型パーコレーション、荷電粒子クラスターや非荷電粒子クラスターに関するフラクタル次元、二相関関数に基づく気液相転移解釈、非相対論的高密度量子流体の熱力学的振舞いなどの理論的研究。米国物理学会、The New York Academy of Sciences、The American Association for the Advancement of Science、米国化学会等の会員。日本物理学会、日本化学会、日仏哲学会等の会員。

本書は医療を受診される方々にも、医療を提供する方々にも、医療行政に携わる方々にも「医療の今」を考えるとき参考になればと考えて、母と共に体験したことをまとめたものです。本書執筆にあたり、参考にとジル・ボルティ・テイラー博士のドキュメンタリーに関する DVD の提供及び著書の紹介を山崎秀彦氏から受けました。ここに感謝申し上げます。著書 “My Stroke of Insight” は「奇跡の脳」として邦訳されています。最後に、編集にご苦労をおかけした文芸社の宮田さんに感謝申し上げます。

既刊の著書『科学することと気づき　物質に分け入る先人の道より』（文芸社、2009 年 12 月 15 日発行）、『ぶっ壊れればあさん』（文芸社、2014 年 8 月 15 日発行）

自由にならない脳を抱えても —ぶっ壊れ脳の呟き—

2019年 2 月15日　初版第 1 刷発行

著　者　金子 哲男
発行者　瓜谷 綱延
発行所　株式会社文芸社
〒160-0022　東京都新宿区新宿1－10－1
電話　03-5369-3060（代表）
03-5369-2299（販売）

印刷所　株式会社フクイン

ISBN978-4-286-20296-9